좋아서 하는 기록

꾸준한 기록 습관이 만드는 내일의 나
좋아서 하는 기록

초판 발행 2024년 1월 3일

지은이 심다은(오늘의다은) / **펴낸이** 김태헌
총괄 임규근 / **책임편집** 권형숙 / **기획** 윤채선 / **편집** 박은경 / **교정교열** 김수현 / **디자인** 형태와내용사이
영업 문윤식, 조유미 / **마케팅** 신우섭, 손희정, 김지선, 박수미 / **제작** 박성우, 김정우

펴낸곳 한빛라이프 / **주소** 서울시 서대문구 연희로 2길 62
전화 02-336-7129 / **팩스** 02-325-6300
등록 2013년 11월 14일 제25100-2017-000059호 / **ISBN** 979-11-93080-19-1 03810

한빛라이프는 한빛미디어(주)의 실용 브랜드로 우리의 일상을 환히 비추는 책을 펴냅니다.

이 책에 대한 의견이나 오탈자 및 잘못된 내용에 대한 수정 정보는 한빛미디어(주)의 홈페이지나 아래 이메일로
알려주십시오. 잘못된 책은 구입하신 서점에서 교환해드립니다. 책값은 뒤표지에 표시되어 있습니다.
한빛미디어 홈페이지 www.hanbit.co.kr / 이메일 ask_life@hanbit.co.kr
한빛라이프 페이스북 facebook.com/goodtipstoknow / 포스트 post.naver.com/hanbitstory

지금 하지 않으면 할 수 없는 일이 있습니다.
책으로 펴내고 싶은 아이디어나 원고를 메일(writer@hanbit.co.kr)로 보내주세요.
한빛라이프는 여러분의 소중한 경험과 지식을 기다리고 있습니다.

꾸준한 기록 습관이 만드는 내일의 나

좋아서 하는 기록

심다은 지음

한빛라이프

프롤로그

'기록하지 않으면 살 수 없는 사람.' 저는 스스로를 이렇게 표현하곤 합니다. 누군가가 저를 방에 가둬두고, 종이와 펜도 주지 않은 채 평생 살라고 한다면 정말 괴로울 거예요. 저에게 기록은 숨 쉬는 것만큼이나 자연스러운 일이거든요. 즐거운 일이 있으면 잊지 않기 위해 기록하고, 화가 나는 일이 있으면 마음을 가라앉히기 위해 기록하고, 번뜩이는 영감이 떠오르면 언젠가 요긴하게 써먹기 위해 기록합니다. 머리가 복잡할 땐 생각을 정리하기 위해 기록하고요.

그림을 그리기도 하고, 글을 쓰기도 하고, 사진으로 찍기도 하고, 이 모든 것들을 합쳐서 기록하기도 합니다. 방법은 다양하지만 아무튼 저는 매 순간 기록하며 살아가고 있어요. 그러다 보니 어느새 '기록 덕후'가 되어 있더라고요.

그동안 기록을 하면서 제 삶의 많은 부분이 긍정적으로 변했기에, 많은 분이 이 즐거움을 직접 느껴보시면 좋겠다는 바람이 생겼습니다. 그래서 기록을 처음 시작하시는 분들, 평소 기록은 하고 있지만 꾸준히 지속하지 못하는 분들에게 도움이 될 수 있도록 이 책을 통해 제가 가장 좋아하는 두 가지 기록법을 소개하려 합니다.

첫 번째는 그림일기입니다. 하루 동안 있었던 일 중 가장 인상적인 일을 글과 그림으로 기록하는 방식인데요. 저는 '일상 조각을 수집한다'고 표현하기도 합니다. 기록할 당시에는 딱히 특별해 보이지 않았던 일상의 조각들도 시간이 지나면서 새롭게 빛을 발하기도 하고, 무엇보다 가득 모아놓으면 하나의 역사가 될 정도로 크고 의미 있어지곤 해서, 참 매력적인 작업이랍니다. 저는 2017년 4월부터 매일 한 장씩 그림일기를 그리기 시작해 꼬박 1년을 채웠는데, 덕분에 1년 365일의 기억을 거의 완벽하게 보존한 흔치 않은 사람이 되었답니다. 그림일기를 그려두면, 시간이 지나면 금방 까맣게 잊어버릴 사소한 일도 오래오래 생생하게 기억할 수 있어요.

두 번째는 기록 노트를 작성하는 것입니다. 저는 손바닥만 한 작은 노트에 기록하고 싶은 것들을 전부 적고 있어요. 아이디어, 계획, 고민, 영감 같은 것들은 물론이고 미팅했던 내용, 소비 기록, 웹툰의 초안까지 이곳에 몽땅 집어넣습니다. 목적에 따라 노트를 여러 개로 분류해두면 자꾸 기록을 미루게 되더라고요. 기록은 신선도가 생명이라, 언제나 이 노트를 지니고 다니면서 필요한 것들을 그때그때 놓치지 않고 잘 적어두고 있습니다. 그렇게 끝까지 쓰고 책장에 모아둔 노트가 벌써 20권이 넘었답니다.

만약 그림일기를 그리지 않고, 기록 노트를 쓰고 모으지 않았다면 저는 지금과는 굉장히 다른 사람이 되었을 거예요. 기록을 시작한 뒤로 생긴 좋은 습관, 마음가짐, 능력들이 모여 지금의 제가 되었으니 기록이 저를 만든 것이나 다름없죠. 기록을 시작한 이후, 저에게는 이런 변화가 생겼습니다.

1. 평범한 대학생이 좋아하는 일로 먹고살 수 있는 크리에이터가 되었다.
2. 머릿속에 뒤죽박죽 있던 생각을 글자로 끄집어내 정리할 수 있는 능력이 생겼다.
3. 나라는 사람을 더 잘 이해할 수 있게 되었다.
4. 추억을 오래오래 생생하게 기억할 수 있게 되었다.
5. 목표하던 일들, 바라던 일들을 현실로 이뤄낼 수 있었다.
6. 나의 목적지를 파악하고 원하는 방향으로 나아갈 수 있게 되었다.

기록의 좋은 점과 저에게 생긴 긍정적인 변화를 얘기하자면 사실 끝도 없답니다. 하지만 막상 책으로 이 이야기를 풀어내려고 하니, 내가 즐겁게 기록을 해왔던 것처럼 많은 사람이 기록의 즐거움을 느낄 수 있을까? 나에게 좋았던 방법이 과연 다른 사람에게도 똑같이 좋을까? 하는 생각이 들기도 했어요.

누구나 가볍게 시도해보고, 꾸준히 이어갈 수 있는 멋진 기록법을 찾고 싶은데 몇 날 며칠, 몇 달을 고민해도 정답이 나오질 않더라고요.

오랜 고민 끝에 내린 결론은 '어차피 모든 사람에게 적용할 수 있는 정답은 없다'는 것이었습니다. 각자의 삶에 알맞은 각자의 기록법이 있는 것이죠.

그래서 저는 영감을 드리는 데 집중하기로 했습니다. 이 책에서 '이 정도면 나도 해볼 수 있겠는데?'라는 생각이 드는, 간단한 아이디어와 다양한 예시를 최대한 많이 보여드릴 생각입니다. 찬찬히 책을 읽어보면서, 여러분의 삶에서 해볼 수 있겠다 싶은 방법들을 찾아내 가능한 한 많이 적용해보세요.

이 책을 통해 많은 분이 기록의 즐거움을 알게 되고, 기록을 통해 멋지고 행복하고 주체적인 삶을 살아갈 수 있기를 바랍니다.

차례

Chapter 2. 기록의 종류

Chapter 3. 기록의 방법

Chapter 4. 기록의 활용

Chapter 1
기록의 시작

기록의 시작

지금은 누가 시키지 않아도 떠오르는 생각과 일상의 작은 사건들을 꼼꼼히 기록하고 있지만, 저 역시 처음부터 기록에 열심이었던 건 아닙니다.

어머니, 저는 오늘부터 평생 기록하면서 살도록 하겠습니다.

태어나자마자 기록을 결심하는, 그런 사람은 없다.

기록을 남기는 것, 특히 종이에 펜으로 글자를 꾹꾹 눌러 쓰는 건 꽤나 수고스러운 일입니다. 자리에 앉아서 준비물을 꺼내는 것부터 번거롭고, 글을 몇 줄 쓰다 보면 손도 아프죠. 어떤 방식이든 기록을 남기는 건 분명 귀찮은 일입니다. 저는 사실 주머니에서 핸드폰을 꺼내 눈앞에 놓인 음식 사진 한 장 찍는 것조차 귀찮을 때가 많아요. 이런 제가 어떻게 매일 그림일기를, 그리고 20권이 넘는 기록 노트를 쓸 수 있었던 건지 계속 생각해봤는데요. 아무래도 '기록하니까 좋았던 경험'이 계속해서 쌓였기 때문인 듯합니다.

예전에 남겨둔 기록을 보면서 웃고 울었던 경험, 답답한 마음을 글로 적었더니 생각이 정리된 경험, 문득 떠오른 영감을 잊지 않고 적어두어 나중에 도움이 되었던 경험 같은 것들이 계속 쌓이고 쌓이면서 '기록은 좋은 것!'이라는 확신이 생긴 거죠. 주변에서 아무리 좋다고, 같이 해보자 말해도 직접 경험해보기 전까지는 와닿지 않는 게 당연합니다. '와, 이거 좋은데?' 하는 기분을 스스로 느끼고 나면 가볍게 한 번 더 시도해보게 되고, 한 번이 열 번이 되고, 열 번이 백 번이 되면서 어느 순간 삶이 좋은 방향으로 바뀌는 걸 체감하면 그때부터는 누가 시키지 않아도 열심히 하게 됩니다.

기록의 매력에 푹 빠진 이후, 저는 가까운 사람들에게 꾸준히 '일단 한번 기록을 시작해보라'고 강력하게 추천해왔는데요. 제가 가장 애정하는 노트까지 사다 바치면서 열심히 설득해보았지만 아쉽게도 모두들 시큰둥했습니다. 노트를 잘 쓰고 있냐고 물어보면 다들 제 눈을 피하더라고요. 역시 '일단 기록을 시작하게 되면 다들 좋아하게 될 거야'라는 주먹구구식 접근은 별로 효과적이지 못한 것 같아요. 그러니 여러분께는 제가 기록을 하며 '이거 좋은데?'라고 생각했던 몇 가지 경험을 들려드리며 시작해보려 합니다. 이를테면 간증 같은 거죠.

　아마 이 책을 펼친 여러분들은 이번만큼은 제대로, 꾸준히 기록해보겠다는 마음에 의욕이 불타고 있을지도 모르겠는데요. 우선은 힘을 쭉 빼고, 가벼운 마음으로 읽기 시작해주셨으면 합니다. **우리는 위대하고 엄청난 기록을 하려는 게 아니라 사소하고 꾸준한 기록을 하려는 것이니까 산책하듯 걷는 편이 좋거든요.** 어딘가에 먼지 쌓인 채로 숨어 있을 오래된 기록들도 찾아보고, 나는 왜 꾸준히 기록하고 싶은지, 또 어떤 형태의 기록을 남기고 싶은지도 생각해보며 읽어주시면 좋겠습니다.

오늘의 기록

기록과 친해지기

처음 기록을 시작하면 아무것도 쓰이지 않은 새하얀 페이지가 부담스럽게 느껴질 수 있어요. 여러분이 기록과 조금 더 친해질 수 있도록 몇 가지 주제를 제안해볼게요. 중간중간 제가 던지는 질문에 대한 답변을 노트에 가볍게 기록해보세요. 이것들만 차곡차곡 모아도 나만의 기록 노트 한 권을 뚝딱 완성할 수 있을 거예요.

✔ 왜 꾸준히 기록해보고 싶은가요?

✔ 목표를 갖고 꾸준히 기록해본 적 있나요?

✔ 중간에 포기했다면, 그 이유는 무엇이었나요?

도장 찍지 말고 말로 써주세요

어떤 기록은 시간이 지난 뒤 빛을 발합니다. 예를 들면 어릴 때 써둔 일기장 같은 것 말이죠. 당시에는 정말 귀찮은 숙제였지만, 시간이 지나면 어린 나의 일상과 생각을 엿볼 수 있는 좋은 단서가 됩니다. 저는 기록의 소중함을 미처 깨닫지 못했을 때, 몇 번의 이사를 거치면서 어린 시절 일기를 분실하기도 하고, 버리기도 했는데요. 불행 중 다행으로 초등학교 5학년 때 쓴 일기장이 딱 한 권 남아 있습니다. 오랜만에 추억에 잠겨서 읽어보는데 2005년 6월 8일 일기가 눈에 띄더라고요.

'뭐 이런 애가 다 있나' 싶네요. 당시 선생님은 일기를 검사하고 나면 확인 도장을 찍어주셨는데, 그게 탐탁지 않았나 봅니다. 왠지 내 일기를 다 읽지도 않고 무심하게 쿵 찍었을 것만 같은 도장 대신, 선생님의 애정과 관심이 담긴 코멘트 한 줄을 더 받고 싶었던 것 같습니다. 가만 생각해보니 검사받은 일기장을 펴볼 때, 늘 도장이 있을지 코멘트가 있을지 두근거리는 마음이었던 것 같아요. 이제 보니 독자의 댓글을 기대하는 작가의 모습 같기도 합니다.

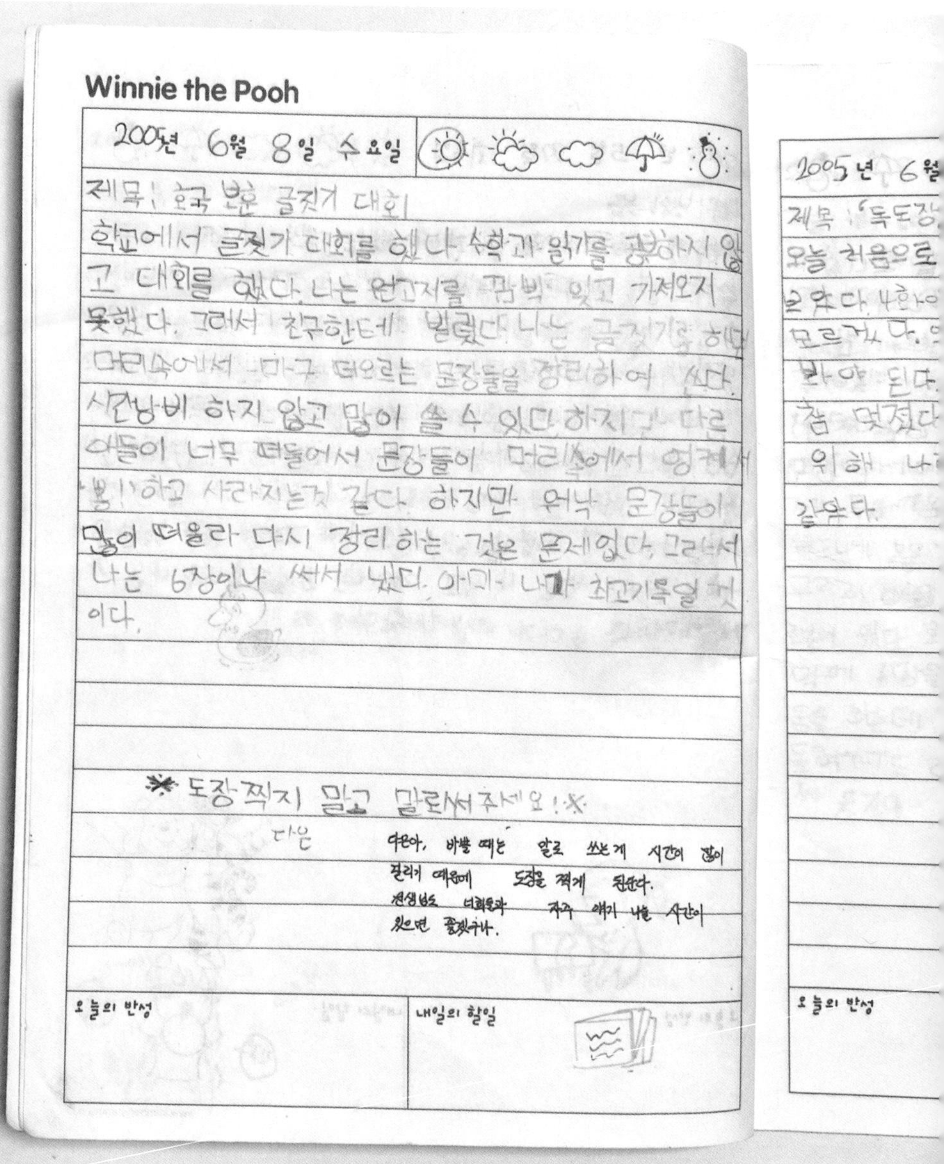

Winnie the Pooh

2005년 6월 8일 수요일

제목 : 호국 보훈 글짓기 대회

학교에서 글짓기 대회를 했다. 수학과 읽기를 공부하지 않
고 대회를 했다. 나는 원고지를 깜빡 잊고 가져오지
못했다. 그래서 친구한테 빌렸다. 나는 글짓기를 하며
머리속에서 마구 떠오르는 문장들을 정리하여 썼다.
시간낭비 하지 않고 많이 쓸 수 있다. 하지만 다른
애들이 너무 떠들어서 문장들이 머리속에서 엉켜서
'뿅!' 하고 사라지는것 같다. 하지만 워낙 문장들이
많이 떠올라 다시 정리하는 것은 문제없다. 그래서
나는 6장이나 써서 냈다. 아마 나의 최고기록일 것
이다.

※ 도장찍지 말고 말로써주세요! ※

다은

다은아, 바쁠 때는 말로 쓰는게 시간이 많이
걸리기 때문에 도장을 찍게 된단다.
선생님도 너희들과 자주 얘기 나눌 시간이
있으면 좋겠구나.

오늘의 반성

내일의 할일

2005년 6월

제목 : '독도장

오늘의 반성

피할 수 없으니 즐겼던 걸까요? 일기를 남에게 보여주는 건 부끄럽지만, 검사를 안 받을 수는 없는 노릇이지요. 이왕 이렇게 된 거 선생님을 내 일기를 몰래 구경하는 사람 대신 정식 독자로 생각하기로 마음먹었던 모양입니다. 그러고 보니 하루하루 있었던 일을 사실 그대로 옮겨 적기보다 누군가에게 자세히 설명하듯 쓴 일기가 자주 보입니다.

영화 줄거리를 설명하다가 갑자기 '본 곳부터 얘기할게요'라고 적기도 하고, 상황 설명이 부족하다 싶었는지 메모지에 그림까지 그려 설명을 덧붙여둔 날도 있습니다. 학원에서 칭찬받은 일을 자랑하기도 하고, 싫어하는 남자애(사실은 좋아했던 것 같지만) 이야기도 하고, 가족들과 외식한 이야기도 가득가득 적었습니다. 일기가 시끄럽다는 생각이 들 정도로 말이죠. 선생님 옆에서 진짜로 이만큼 떠들면 혼날지도 모르는데, 일기로 쓰면 페이지를 꽉 채웠다고 칭찬도 받고 선생님의 애정 어린 코멘트도 받을 수 있으니, 오히려 좋은 일이라고 생각했던 것 같습니다.

미룰 수 있을 때까지 모든 일을 미루는 성격이라 방학 숙제로 써야 했던 일기도 방학 내내 미루다가 결국 벼락치기로 썼던 건 사실이지만, 그래도 어린 시절의 저는 일기를 꽤 재밌는 숙제로 분류했던 것 같아요. 글씨만 반듯하게 써도 칭찬받을 수 있고, 선생님(독자)의 답장도 받을 수 있고, 시끄럽게 수다도 떨 수 있으니까요. 이 정도면 거의 일기를 쓰면서 스트레스를 풀었을 것 같습니다.

어릴 때 쓴 일기장을 모두 모아놓은 분 있나요? 정말 부럽습니다.

분명히 일기를 쓴 기억은 있었는데 어디에 두었는지 잘 모르겠다면 이번 기회에 한번 찾아보는 건 어떨까요? 혹시 흑역사를 발견하게 되더라도, 버리고 싶은 욕구를 꾹 참고 잘 보관해두길 바랍니다. 당장은 조금 부끄러워도 시간이 지날수록 점점 더 재밌고 가치 있는 기록으로 남을 테니까요.

필기하려고 공부했어요

　고등학생 시절의 저는 선생님과 부모님께 사랑받기 딱 좋은 학생이었습니다. 누가 억지로 시키지 않아도 알아서 열심히 공부하고, 밤늦게까지 학교에 남아서 자습도 열심히 했거든요. 가고 싶은 대학이 있어서이기도 했지만, 사실은 필기하는 걸 정말 좋아했기 때문에 가능했던 일입니다. 필기를 하면서 겸사겸사 공부도 했다고 보는 게 맞을 정도죠. 빨간 펜과 파란 펜으로 중요한 내용을 메모하고, 본문의 단어를 화살표로 끌어와 보충 설명을 덧붙이고 나면, 열심히 공부한 것 같아 보이는 흔적으로 가득 채워지는 페이지들이 참 좋았어요.

　이제 시험 대비용 필기 노트는 필요가 없어졌지만, 몇 권은 추억 보관용으로 여태까지 버리지 않고 잘 보관해두었는데요. 정갈한 글씨로 가득 찬 페이지를 보면 왠지 모를 쾌감도 느껴지고, 당시의 제가 얼마나 열정 넘쳤는지도 새록새록 떠올라서 기분이 좋아집니다.

　특히 저는 고등학생 때 '생활과 윤리'를 좋아했는데요. 수많은 철학자의 이름을 외우는 건 귀찮았지만, 필기하기 딱 좋은 조건을 갖춘

34강 국제관계를 보는 시각 (P.189)

1. 이상주의 '칸트' 「영구평화론」
   → 자국의 민주화 = 국제평화에 기여 O.
     (민주평화론제!)
   ① 전제 : 인간은 이타적이고 선량
   → 영원한 평화 가능
   ② 전쟁원인 : 대화의 부족, 오해
     잘못된 제도에서 비롯.
   → 비동맹 ('중립') 외교 정책
   ③ 전쟁해법 : 국제기구, (국제법), 세계 윤리.
   → 호혜적 배타, 평화 가능
     (반대)
     세력균형 → 무너질 수 있음 (영원X), 군비경쟁 과열
   ④ 한계 : 국제법의 실효성 의문
   → 경쟁, 갈등이 많은 현실설명 △

2. 현실주의 '모겐소'
   * 국제관계 행위자가 다양화! (이상주의의 논거) 과 있는건 (현실)은
     다르다.
     → 영향 미치는 존재가 국가 뿐 아니라 국제기구 etc로 다양화.
   ① 전제 : 인간은 이기적이고 악함
   ② 전쟁원인 : 인간의 악한 본성
   → 국제 정치 = 권력을 위한 투쟁
   ③ 해법 : 힘의 논리 → 세력 균형 국제법 아래의 균형X. 관습적 O.
     홉스 식의 자연상태 (흔히, 무질서) 만인의 만인에 대한 투쟁
     → 무정부 상태
   ④ 한계 : 다양한 국제관계의 성격을 무시
     군비경쟁 과열
     이익 추구의 필연성 → 세력균형 방법, 유일한 해법.
     미국 ⊥ 중국 → 동맹으로 힘균형 맞춤 = 국가간의 협력.
     → 각국의 이해관계가 일치.

3. 구성주의 '웬트'
   [7/30 2-11]
   ① 국제관계는 상호작용을 통한 인식의 결과요.
   → 물적 자원, 제도, 집합적으로 구성되는 사회적 구조
   ② 관계형성 a. 우호 : 전쟁X (친구) 칸트
   → 행위자의 관점에 따라 (국익) 이 변할 수 있다.
              b. 적대 : 전쟁O (적) 홉스
   → 국익 고려한 행동 결정 → 행동 다양화.
              c. 경쟁 : 전쟁 (경쟁자) 로크
                                    비정부 부문 강화 (경제↑)
                                    =
   * 세계화 : 국민국가 (개별 국가) 기능 축소 (민간 교류 확대)

◉ 문명의 충돌과 공존
   문명의 (교환)에 바탕을 둔 국제질서.
   → 타문명의 분쟁에 개입 필요
1. S. 헌팅턴 「문명의 충돌」
   → (전쟁 방지) 자제 (중재) 동질성 의 원칙.

과목이었거든요. 이때 사용했던 노트는 평범한 스프링 줄 노트였는데, 반을 접어서 쓰는 게 포인트였습니다. 칸을 좌우로 나눠 왼쪽에는 기본 개념을 적고, 오른쪽에는 보충 설명을 적는 방식으로 사용했어요. 왼쪽 칸에는 마치 문서를 작성하듯 글머리 기호(ㄱㄴㄷ, abc…)를 적극 활용해 내용을 정리하고, 문제를 풀다가 관련 보기가 등장하면 오른쪽 칸에 설명을 덧붙였죠. 잘 이해되지 않는 부분이 있으면 평소 말투 그대로 질문을 적어두었습니다. '왜 그런 걸까?' 하고 말이죠. 나중에 선생님께 질문하고 받은 답변을 오른쪽 칸에 함께 적어두면, 대화 내용이 떠올라 더 선명하게 기억할 수 있었습니다. 시간이 지남에 따라 점점 더 너덜너덜해지고 가득 채워져가는 노트의 모습이 꼭 제가 성장하고 있다는 증거 같아서 참 뿌듯했던 기억이 납니다.

이때 터득한 필기 노하우를 아직도 잘 활용하고 있습니다. 책을 읽다가 이해되지 않는 부분이 생기면 한쪽에 '왜 그런 걸까?' 질문을 적어두고, 나중에 검색해서 스스로 답변을 달아두곤 합니다. 독서 기록을 남길 때면 여전히 칸을 반으로 나눠, 왼쪽에는 기억하고 싶은 내용을 적고 오른쪽에는 제 생각이나 관련된 정보를 적어두죠. 교과서를 지저분하게 썼던 것처럼 책도 지저분하게 읽고 있는데, 이렇게 해야만 비로소 책의 내용이 진짜 내 것이 된다는 느낌이 들어요.

무엇보다 의미 있는 건 이때 열심히 필기하면서 '나는 이렇게 기록하고 정리하는 것을 좋아하는 동시에 잘하기도 하는구나' 깨달았다는 거예요. 글씨도 꽤 깔끔하게 잘 쓰고, 중요한 내용이 뭔지 파악하고, 그걸 나의 언어로 바꿔서 이해할 줄 알고, 내가 흡수한 내용을 남들도 이해할 수 있도록 보기 좋게 정리할 수 있는 능력이 있다는 걸 알게 된 거죠. 이걸 깨닫지 못했다면 저는 아마 지금까지도 '도대체 내가 좋아하면서 잘하는 일이 뭘까?'를 고민하며 답을 찾으려고 빙글빙글 돌고 있었을지도 모르겠습니다. 남겨진 기록에서 힌트를 얻은 덕분에 지금은 재능을 살려 즐겁게 먹고살고 있으니 정말 다행이지요.

이렇게나 쉬운 기록

　　대학교 2학년 때 재밌는 과제를 받은 적이 있습니다. 바로 '관찰일기'였는데요. 하나의 대상을 정해 관찰하면서 일주일간 매일 기록을 남기는 것이었습니다. 기록의 형식은 자유였고, 재밌을 만한 대상을 선정하는 게 가장 관건이었습니다. 하루도 빠짐없이, 즉 '매일' 기록해야 하니 중간에 어디론가 사라져버릴 수도 있는 대상은 곤란했습니다. 내가 애써 노력하지 않아도 늘 그 자리에 있고, 조금씩이라도 계속 변화가 있는 대상을 골라야겠다고 생각했어요.

　　그래서 제가 골랐던 것은 수건입니다. 화장실 변기에 앉으면 바로 마주 보이는 수건걸이에 걸린 수건을 관찰하기로 결정했어요. 매일 새 수건을 꺼내니까 노력하지 않아도 쉽게 변화를 관찰할 수 있을 거라고 생각했거든요. 게다가 이번 기회에 오랜 궁금증을 풀 수 있지 않을까 조금 기대도 했습니다. 변기에 오래 앉아 있을 때면 심심해서 눈에 보이는 글자를 마구잡이로 읽을 때가 있는데, 그때마다 저는 수건에 적힌 문구를 읽으면서 생각했습니다. 이 수건은 도대체 어디에서 어떻

대학생 때 썼던 관찰 일기: 수건 보고서

게 우리 집까지 온 걸까?

　깔끔한 단색 수건을 일괄로 구입해 쓰는 집도 있겠지만, 당시 저희 집에는 어딘가에서 증정품으로 받아온 수건들로만 가득했어요. 그런 수건들에는 꼭 '○○○ 행사 기념' 같은 문구가 자수나 프린팅되어 있었는데, 그 행사가 우리 집 사람들과 무슨 상관이 있는 건지 도통 알 수가 없었어요. 예를 들면 '구미정보여고 수학여행 기념' 수건 같은 것 말이죠. 우리 가족 중에는 구미 사람도 없고, 여고를 나온 사람도 없었거든요. 엄마는 아마 할머니가 명절에 음식을 싸주시면서 내용물이 새지 않도록 한 겹 감쌀 때 썼던 수건이 집에 계속 남아 있는 게 아닐까 추측했지만, 할머니도 구미정보여고 졸업생이 아니었기 때문에 여전히 미스터리는 풀리지 않았습니다.

　하지만 수건의 출처를 정확하게 추리하는 것이 과제의 목표는 아니어서, 저는 수건을 관찰하면서 생겨난 각종 궁금증을 기록하기로 했습니다. 수건 사진을 찍은 다음 배경을 지우고, 수건을 보면서 떠오른 여러 가지 흥미로운 생각들을 옆에다 기록했습니다. 적다 보니 이런 생각이 들기도 했어요. 우리 가족은 정말 저 수상한 수건을 봐도 아무 생각이 들지 않는 걸까? 저 미스터리한 수건의 출처를 밝혀내고 싶다는 생각을 정말 안 한단 말이야?

　어라? 문득 엄청난 재능을 찾아낸 것 같다는 생각이 들었습니다. 그동안 '엉뚱하다'라는 형용사로 대충 가려져 있었던 재능이죠. 저는 너무 사소하고 평범해서 남들이 딱히 관심을 가지지 않는 것에 주목하고, 가만히 관찰하다가 흥미로운 부분을 포착하는 데 재능이 있었어요. 원래 이런 생각은 입 밖으로 내면 '너는 참 쓸데없는 생각을 많이 해' 같은 힘 빠지는 소리만 들을 게 뻔해서 속으로만 생각해왔거든요. 그런데 아예 작정하고 이런 생각들을 모아 기록해보니 저만의 '독특한 시선'이 되더라고요.

뜻밖의 재능을 발견한 덕분에 이렇게 쉬워도 되는 건지 걱정될 정도로 간단히 과제를 끝낼 수 있었습니다. 과제임에도 불구하고 너무 재밌어서 계속하고 싶다고 생각할 정도였죠. 아쉽게도 관찰 일기는 최종 과제물을 만들기 위해 거치는 작은 중간 과제에 불과해, 제 즐거움은 일주일 만에 끝나고 말았습니다. 그렇지만 이때의 경험은 이후 '한 장 그림일기' 형식을 만드는 데 큰 도움이 되었어요. **늘 그 자리에 있는 대상을 관찰한 다음 저만의 독특한 감상을 더하면, 그럴듯해 보이는 한 장의 이미지를 간단히 완성할 수 있다는 사실을 이때 알아냈거든요.** 아주 적은 노력을 들여 큰 성취감을 얻을 수 있는 저만의 '꼼수' 하나를 찾아낸 거죠.

아주 쉽게 기록을 남기는 방법

같은 것을 봐도 사람마다 느낀 점이 다 다릅니다. 그 말인즉 뭔가를 보고 떠오른 생각을 있는 그대로 기록하는 것만으로도 '나만의 시선'이 담긴 창작물을 완성할 수 있다는 거죠. 관찰의 대상은 멀리서 찾지 않아도 됩니다. 먼저 주변을 둘러보는 것부터 시작해볼까요?

✔ 지금 어디에서 이 책을 읽고 있나요?
✔ 가장 먼저 눈에 띈 물건은 무엇인가요?
✔ 그 물건을 보면 어떤 생각이 드나요?

뭐라도 해봐야겠어

2017년, 대학교 2학년 2학기를 마친 저는 망설임 없이 휴학을 결정했습니다. 더는 못 버티겠다는 확신이 들 정도로 몸과 마음이 너무 지쳐 있었거든요. 휴학 후 처음 몇 달은 정말 좋았어요. 매일 만원 전철로 통학하며 인류애를 잃지 않아도 되고, 내 미래에 전혀 도움이 안 될 게 분명한 과제 때문에 밤새우며 스트레스를 받는 일도 없으니 속이 다 시원했죠. 무엇보다 동기나 선배들이 완성하는 멋진 작업들을 보며 나는 왜 저렇게 하지 못할까 자꾸 비교하곤 했었는데, 더 이상 점점 작아지는 기분을 느끼지 않아도 된다는 점이 정말 좋았어요. 다시 학교로 돌아갈 때에는 좀 더 단단한 사람이 되어 있을 수 있도록, 휴학하는 동안 멋진 경험을 가득 쌓기로 결심했죠.

하지만 처음의 계획과는 달리, 저는 금방 구제불능 게으름뱅이가 되고 말았습니다. 억지로 시키는 사람이 있을 때는 뭐라도 했는데, 아무것도 안 해도 뭐라고 하는 사람이 없으니 자연스럽게 정말 아무것도 안 하게 되더라고요. 어느 날, 하루하루를 무의미하게 허비하고 있는 내 자신이 너무나도 한심하게 느껴졌어요. 그래서 스스로에게 과제를 주기로 결심했습니다. 더도 말고 덜도 말고 하루에 딱 그림 한 장씩을 그려보기로요. 괜히 색연필이나 물감을 사용하면 재료 준비가 귀찮다는 이유로 중간에 포기할 게 뻔했어요. 신입생 때 포토샵으로 그림을 그려보겠다고 야심차게 구매했지만 금방 어디 구석에 처박혀 먼지만 쌓여가던 타블렛을 다시 꺼냈습니다. 노트북과 타블렛을 연결하고, 포토샵에 빈 캔버스를 하나 불러왔습니다.

저는 예전부터 빈 캔버스가 참 싫었어요. 하얗게 텅 빈 도화지를 보면 멋진 작품을 완성할 생각에 설레기보다, 도대체 이 공간을 어떻게 채워나가야 할지 막막한 마음이 더 컸거든요. 머릿속이 하얀 캔버스처럼 하얘지는 기분이 들었어요. 앞으로 매일 꾸준히 그림을 그리려면 주제가 정해져 있어야 했습니다. 매일 무엇을 그릴지 고민해야 한다면 고민만 하다가 포기해버릴 게 뻔했거든요. 그냥 무조건 자리에 앉아서 냅다 로봇처럼 할 수 있는 일을 찾아야 했어요.

그래서 떠올렸던 게 바로 예전에 했던 '관찰 일기' 과제였습니다. 관찰할 대상을 찾고, 관찰한 내용을 있는 그대로 그리면, 뭘 그릴지 깊이 고민할 필요가 없으니 쉬울 것 같았어요. 그런 다음으로는 뭘 관찰해야 할까 생각해보았는데요. 어딘가로 사라지지 않고 매일 있던 자리에 있으면서, 변화를 주려고 애쓰지 않아도 알아서 매일 조금씩 바뀌는 게 없을까? 한참을 고민한 끝에 결국 완벽한 답을 찾았습니다.

하루하루 거울 속에 비치는 내 모습을 그리기로요. 사실 거울을

볼 필요도 없죠. 아래를 내려다보기만 해도 오늘 무슨 옷을 입었는지 보이고, 표정은 오늘의 기분에 맞춰 상상해서 그리면 되니까요. 하루 동안 특별한 일이 정말 하나도 없었고, 어제와 똑같은 일상이었다고 해도 상관없었어요. 옷은 매일 갈아입으니까, 최소한 내 모습은 어제와 다르거든요. 옷에 대한 이야기만 그려도 소재가 무궁무진했어요. 더 이상 새로 그릴 옷이 없다면, 그 옷에 얽힌 사연이나 옷을 입고 간 장소에 대한 이야기로 확장하면 되었고요.

아, 드디어 고민 없이 로봇처럼 할 수 있는 일을 찾았습니다. 머리를 싸매고 창작의 고통을 견디지 않아도 된다고 생각하니, 매일 해내는 것이 전혀 어렵지 않게 느껴졌어요.

처음으로 그린 그림일기

일단 얼렁뚱땅 시작하기

제가 처음 그림일기를 그리기 시작한 날은 2017년 4월 27일입니다. 5월 1일이 아니라 4월 27일이라서 더 확실하게 날짜를 기억하고 있어요. 원래 제 성격대로라면 조금 있으면 새로운 달이니까 그때부터 제대로 시작하겠다며 며칠 미루다가, 정작 1일이 되면 그 일을 하기로 했다는 사실조차 까먹고 넘어가버렸을 텐데요. 그때는 뭔가 달랐습니다. 어떤 핑계도 대지 않고, 하고 싶다는 생각이 든 그날 바로 시작한 거죠. '1일부터 제대로 시작해야지'라고 야심차게 계획을 세웠던 게 아니라, '그냥 오늘부터 당장 해봐야지'라며 가볍게 시작했다는 걸 27일이라는 날짜를 통해 엿볼 수 있습니다.

사실 첫 번째 그림일기는 정말 힘을 쭉 빼고 대충 슥슥 그렸던 기억이 납니다. 소재를 고민할 필요도 없었고 색칠도 하지 않으니 완성까지 10분도 채 안 걸렸던 것 같아요. 순식간에 한 장을 다 채우고 나서 든 생각은 '이렇게 쉬우면 진짜 매일 그릴 수 있겠는데?'였습니다. 내일은 또 어떻게 해내지 하는 부담감에 짓눌리는 게 아니라, 당장이라도 몇 장 더 그릴 수 있겠다는 자신감이 차올랐어요.

하지만 이렇게 자신감이 가득할 때 무리하게 앞서나가면 안 되겠다고 생각했습니다. 오늘 두 장을 그렸다가 내일은 다시 한 장을 그리면, 어제보다 열정이 부족한 것처럼 느껴져서 자책하게 될 수도 있으니까요. 그래서 당장 몇 장 더 그리는 대신, 오늘의 열정을 잘 기억해두었다가 내일의 일기를 더 자세하고 구체적으로 그려야지 생각했어요. 그래서 제 일기는 하루하루 지날수록 진화하게 됐습니다.

조금씩 색깔도 추가되고, 주변 인물들도 등장하고, 상황 묘사도 많아지고, 표정도 다양해집니다. 기억하고 싶은 사건들은 점점 많아지는데 한 페이지에 담기에는 점점 공간이 모자라게 되니, 최대한 많은 내용을 보기 좋게 담기 위해 균형 있는 배치도 고민하게 됩니다. 더 디

테일한 감정을 표현하고 싶은데 '점 눈'만으로는 표현하기 어려워 어느
날 눈도 뜨게 되었지요.

원래 저는 시작을 참 어려워하는 사람입니다. 전형적인 '게으른 완벽주의자'죠. 할 거면 제대로 해야 한다는 생각에 사로잡혀 대체로 아무것도 시작하지 못합니다. 사실 모든 환경을 완벽하게 갖추고 시작할 수도 없을뿐더러, 일단 시작하고 나면 또 고치고 싶은 부분이 보여서 점점 바꾸게 될 거라는 걸 알면서도, 왠지 처음부터 완벽했으면 싶은 마음을 내려놓기가 힘듭니다. 하지만 그 완벽하고 싶은 욕심을 내려놓지 못해 시도조차 하지 못하고 끝나버린 일들을 떠올려보면, 차라리 어설프더라도 일단 해보는 게 나았겠다는 후회가 스칩니다.

결국 '언제부터, 어떻게 시작해서 대단한 일을 해내야'라는 마음이 어떤 일을 시작하는 데 있어 가장 독인 것 같아요. 비장한 각오는 잠시 내려놓고, 무언가 해보고 싶은 마음이 생겼다면 당장 가볍게 시작해보세요. 1월, 1일, 월요일 같은 그럴듯한 날짜를 기다리지 말고, 지금 당장 말이죠. 다른 사람이 완성한 멋진 결과물은 잠시 머릿속에서 치워두고, 일단 손부터 움직여보는 거예요. 처음에는 어디에 보여줄 수도 없는 민망한 결과물이겠지만, 일단 시작하고 나면 어디를 고쳐야 할지 보이고, 자꾸만 다듬다 보면 분명 지난번보다는 나은 모습이 되어 있을 거예요. 시작이 엉성하다는 건, 긍정적으로 생각해보면 발전할 가능성이 넘친다는 뜻이기도 하답니다. 여기까지 읽으면서 무언가 영감이 퍼뜩 떠올랐다면, 잘하려는 생각은 내려놓고 '일단 얼렁뚱땅' 무엇이든 기록해보는 것도 좋겠습니다.

일단 지금 당장 뭐라도 하나 기록하자

아무것도 아닌 날, 아무거나 자꾸 기록해보는 연습을 하면 평범함 속에서도 특별함을 발견할 수 있게 된답니다. 노트에 쓸데없는 글을 적는 데 익숙해지는 것부터 시작해볼게요. 제가 드리는 질문에 답변을 남기는 것에서 출발해, 글을 최대한 길게 이어가보세요. 중간에 다른 이야기로 새버리거나, 아무 말 대잔치가 되어도 괜찮습니다. 빈 페이지를 글자들로 가득 채워보는 거예요!

✔ 오늘의 점심 메뉴는 무엇이었나요?

✔ 오늘 사람들과 나눈 대화 중 기억에 남는 게 있나요? (메신저 대화도 좋아요.)

✔ 잠들기 전에는 무엇을 할 예정인가요?

모두가 볼 수 있는 일기장

어렸을 때는 일기장을 아무리 서랍 깊숙이 숨겨두어도 왠지 누가 찾아낼 것만 같은 기분이 들어서 일기에 완전히 솔직한 이야기를 적지 못했어요. 누가 일기를 보는 게 너무 싫어서 자물쇠가 달린 일기장을 썼던 적도 있답니다. (얼마 못 가 열쇠를 잃어버려서 저조차도 다시 열어보지 못했지만 말이에요.) 그런데 이제는 일기장을 펼쳐 만천하에 공개하는 사람이 되었다는 게 참 아이러니합니다. 그냥 보여주는 정도도 아니고, 아예 일기를 복사해서 몇 천 부씩 길거리에 뿌리는 느낌이죠. 무려 '오늘의 다은'이라고 이름까지 야무지게 적어서요.

처음에 그림일기를 SNS에 올리기 시작한 이유는 단순했습니다. 누군가 지켜보고 있다고 생각해야 꾸준히 할 수 있을 것 같았어요. 다이어트를 하기로 결심했다고 해봅시다. 혼자 속으로만 다짐하면 당장 내일부터 은근슬쩍 없던 일로 해도 아무도 모르지만, 주변의 모든 사람에게 "나 정말로 오늘부터 다이어트 할 거야"라고 말하고 다니면 그때부터는 꽤 중요한 약속이 되어 쉽게 무를 수 없으니까요. 조금 끄적거려보다가 시원치 않으면 슬쩍 접어버릴 제 모습을 알기 때문에, 약간의 강제성이 필요했어요. 그래서 페이스북 페이지를 만든 뒤, 지인들에게 이런 프로젝트를 시작했다고 알렸죠. 사람들에게 알렸는데 금방 포기하는 모습을 보이면 자존심이 상하니, 쉽게 그만두지는 않으리라고 생각했거든요.

그렇게 페이스북에 몇 번 그림을 올려보다가, 플랫폼을 인스타그램으로 바꾸게 되었습니다. 인스타그램 피드에 일기가 쌓이는 모습을 감상하는 재미가 있었거든. 정사각형 프레임에 맞춘 그림일기가 한 줄에 세 개씩 격자 모양으로 맞춰 쌓여가는 걸 보니 묘한 쾌감이 느껴졌습니다. 왼쪽에는 매일 다른 옷을 입은 제 모습을, 오른쪽에는 그날 인상적이었던 일을 세 가지 정도 그리는 게 나름의 규칙으로 자리 잡았는데요. 하나씩 그릴 때는 별거 아닌 것처럼 보였지만, 빼곡하게 모아놓고 보니 꼭 무슨 패턴처럼 보이기도 했죠. 매일 비슷한 시간에 규칙적으로 그림을 올리니, 구경하러 오는 사람들도 조금씩 생기기 시작했어요.

그런데 인스타그램은 불특정 다수의 사람이 보는 공개된 공간이니, 누구나 자신의 가장 좋은 모습을 보여주고 싶기 마련이잖아요. 모든 SNS가 그렇듯 평범하거나 별 볼 일 없는 순간들은 생략하고, 당연히 멋진 순간들만 기억하고 공유하고 싶죠. 하지만 저 또한 그렇게 남들의 멋진 모습만 하루 종일 보고 있자니 왠지 뒤처지고 있는 기분이 들었어요. 그래서 저는 고생하고 실망하고 실패하고 분노하는 날들의

지금은 인스타그램에 만화를 올리는 사람도 많고 각종 브랜드와 비즈니스 계정도 많아졌지만, 내가 그림일기를 시작할 때는 자신의 일상을 업로드하는 개인 SNS의 성격이 강했다.

이야기도 솔직하게 그렸습니다. SNS를 둘러보다가 남들은 다 멋지게 사는 것 같은데, 나만 우중충하게 사는 것 같다 싶은 회의감이 들 때, 하찮을 정도로 평범한 일상을 즐기며 사는 사람의 모습도 가끔 끼어 있으면 조금은 위로가 되지 않을까 싶었습니다.

혼자서 꾸준히 기록할 자신이 없다면 저처럼 SNS에 올려보는 것도 좋을 것 같아요. 들어주는 사람이 하나둘 생겨나면서 점점 더 멋진 스토리텔러가 될 수 있거든요. 관심사가 비슷한 다른 사람들과 소통하다 보면 더 열심히 기록할 힘을 얻을 수도 있고, 앞으로 뭘 어떻게 더 기록해보면 좋을지 새로운 영감이 떠오르기도 하지요. 사진을 찍거나 다이어리를 예쁘게 꾸미는 걸 좋아한다면 인스타그램, 담백한 글쓰기를 선호한다면 브런치, 잔잔하게 기록을 쌓아가는 데 의의를 둔다면 블로그를 추천할게요. 남에게 보여주는 게 부끄럽다면 가명으로 올릴 수도 있고, 아예 나만 볼 수 있게 비공개로 올리는 방법도 있어요. 보기 좋게 모아두면 나중에 다시 읽기도 편하고, 기록이 쌓여가는 모습을 보며 뿌듯함을 느낄 수도 있을 거예요.

매일매일 그림일기

'한 장 그림일기'를 완성하는 데는 보통 30분 정도 걸렸습니다. 표현할 게 많은 날에는 1시간이 조금 넘게 걸리기도 했지만, 아무튼 자기 전에 잠깐의 시간을 투자하면 나름 작품 비스무리한 것을 완성할 수 있다고 생각하니 매일매일 의욕이 넘쳤어요. 그렇게 한 장씩 올린 그림일기가 인스타그램 피드에 차곡차곡 예쁘게 쌓여가면서, 관심을 갖고 보는 사람들이 점차 늘기 시작했습니다. 사실 그림일기를 매일 올리겠다고 누군가와 약속을 한 적은 없었지만, 어느샌가 저는 '매일 그림일기를 그리는 신기한 사람'으로 사람들에게 알려지고 있었어요. 어쩌다 보니 매일 올리는 것이 무언의 약속처럼 되어버렸는데, 저도 그게 싫지 않았어요. '이참에 365일을 꽉 채워보자!' 결심을 하고, 비가 오나 눈이 오나 잠이 오나 꾸준히 그리고 올리기 시작했습니다.

그렇게 그림일기를 그려 SNS에 올리는 일이 3개월쯤 지났을 무렵, 미국으로 여행을 떠나게 되었습니다. 기업의 대외활동 프로그램에 최종 선발되어, 다른 대학생들 23명과 함께 미국 동부를 돌아볼 기회를 얻었거든요. 뉴욕과 보스턴, 필라델피아, 워싱턴까지 12일 동안 알차게 둘러보는 일정이었는데요. 아시다시피 미국은 땅덩어리가 아주 커서 이동 시간이 길기 때문에 매일 꼭두새벽같이 일어나서 움직여야 했어요. 그리고 대학생 대외활동답게 걷고 또 걷는 일정이라 매일 핸드폰 걸음 수에 1만 보 단위가 찍혔던 기억이 납니다. 그렇게 빡빡한 일정을 소화하다 보면 매일 밤 녹초가 되기 마련인데요. 참으로 독하게 저는 이 여행 중에도 하루도 빠짐없이 일기를 그려서 올렸습니다.

지금은 아이패드를 사용해서 그림을 그리고 있지만, 당시에는 노트북과 판 타블렛을 들고 다녔는데요. 고된 하루 일정을 마치고 숙소에 돌아오면 침대에 바로 늘어지는 대신, 아무 데나 딱딱한 책상 역할을 할 곳을 찾아 노트북과 타블렛을 펼치고 오늘 있었던 일을 그림일기로 기록했습니다. 하루는 발목을 약간 삐끗한 날이 있었는데요. 얼음주머니를 발목에 댄 채로 꾸역꾸역 그림을 그리면서, 대외활동 조원들과 다음 날 있을 조별 과제에 대한 회의를 했던 기억이 납니다. 지금 와서 그때를 떠올려보면 '도대체 왜? 아니 그보다, 어떻게?'라는 생각이 듭니다. 20대 초반의 쌩쌩한 육신이었음을 감안하더라도, 매일 그렇게까지 했던 건 조금 미친 짓이 아니었나 싶기도 해요.

사실 냉정하게 생각해보면 일기는 한국에 돌아가서 한꺼번에 그리는 걸로 하고, 여행 중에는 다음 날의 일정을 위해 푹 자고 체력을 비축하는 게 합리적이겠죠. 하지만 당시의 저는 본능적으로 알고 있었어요. 미루면, 오늘 있었던 일은 그대로 잊어버릴 거라는 걸 말이죠.

매일 여행을 하면서 느낀 점이 정말 많았고 기억하고 싶은 일들도 가득했는데, 다음 날 또 새로운 장소를 가고 새로운 일이 펼쳐질 테니 하루만 지나도 전부 다 잊어버릴 게 분명했거든요. 오늘 수집한 소중한 기억을 온전히 남겨두기 위해, 정신력을 발휘해서 매일 밤 그림일기로 남겼던 것 같습니다. 물론 매일 일기를 그려서 365일을 채워보겠다는, 나 혼자 정한 목표를 깨지 않고 싶었던 것도 있었지만요.

여행 중 그린 일기. 늦은 밤까지 그림을 그리다가 아침에 늦잠을 자기도 했다.

아무튼 이렇게 여행 중에도 독하게 기록했기 때문에 저는 지금도 이때 있었던 일들이 아주 생생하게 기억납니다. 순서는 뒤죽박죽이긴 하지만 '내가 그런 곳도 갔었다고?' 하는 생각은 들지 않을 정도로, 어디에 갔고 뭘 먹었는지 하나하나 다 기억이 나요. 그림일기에는 그날 있었던 모든 일을 담기보다는 보통 가장 인상적이었던 일을 세 가지 정도 기록하는데요. 그것들이 추억을 찾는 단서 역할을 해줘서, 그 기억을 타고타고 가다 보면 그날 하루의 기억이 퍼즐 맞추듯이 채워지곤 합니다. 왼쪽의 그림일기에는 '숙소 가는 길에 천둥 번개가 치고 가로등 하나 없이 컴컴했다'라는 내용이 있는데요. 그저 이동하는 길을 묘사한 사소한 기억이지만, 저는 저 그림을 보는 순간 그날의 날씨와 분위기가 생생하게 떠오른답니다.

우리는 대부분 어제 있었던 일도 다 기억하지 못합니다. 저도 가끔 밀린 일기를 쓰려고 다이어리를 펴면, 아무 기억도 나지 않아 한동안 멍하니 빈 종이를 노려보기만 할 때도 많습니다. 일주일 정도 지난 일은 핸드폰 사진첩에서 단서를 얻고 겨우 채워 넣기도 하지만, 너무 평범한 하루여서 아무 단서도 남겨두지 않았다면 도통 기억해낼 길이 없습니다. 보통 3일 정도만 지나도 까맣게 잊어버리는데, 1개월 전, 1년 전의 일을 기억하는 건 어림도 없겠죠. 하지만 매일 그림일기를 그리던 시절의 저는 그 모든 일을 다 기억할 수 있었습니다. 정확히는 도서관에 들어가서 책을 꺼내오듯, 인스타그램 피드에서 지난 일기를 찾아 기억을 되짚어볼 수 있었던 거죠. 꼭 모든 걸 기억하는 천재가 된 기분이었어요.

그래서 수집하는 마음으로 매일 그림일기를 남겼던 것 같습니다.

하루라도 일기 쓰는 걸 놓치면 그 하루를 잃어버리는 기분이 들었어요. 하루에 한 장씩 매일 그림일기를 그리던 여정은 목표했던 1년을 꼬박 채우는 것에 성공하고 그 뒤로도 1년 정도 더 지속되었습니다. 이후에는 조금 더 깊은 생각과 이야기를 담기 위해 여러 장의 컷툰 형식으로 점차 바뀌게 되었지요.

꾸준히 뭔가를 1년 이상 반복한 경험은 지금도 저의 큰 자산입니다. **매일 그림일기를 남기는 일은 정말 쉽지 않았기에 모두들 도전해보시라고 감히 추천은 못 하지만, 만약 도전해서 성공하시는 분이 있다면 인생이 바뀔 거라는 건 장담할 수 있습니다.** 앞으로 뭐든 해낼 수 있다는 자신감을 얻는 동시에, 평생 갖고 갈 추억도 얻을 수 있거든요.

오늘의 기록

도전, 인생을 바꾸는 꾸준한 기록!

체력도 열정도 넘쳐서 하루에 1시간씩 투자할 수 있는 사람도 있지만, 잦은 야근이나 고된 육아 등으로 지쳐 하루에 5분도 내기 힘든 사람도 분명 있습니다. 매일 꾸준히 무언가를 하려면, 욕심내지 않고 나에게 딱 맞는 목표를 세우는 게 중요해요. 다음 질문에 대한 답을 적어보며, 내가 감당할 수 있는 '적당한 목표'에 대해 고민해 보세요.

- ✔ 기록을 위해 언제, 얼마큼의 시간을 낼 수 있나요? (ex. 출근길 5분, 잠들기 전 20분)
- ✔ 매일 하루도 빠지지 않고 기록한다면, 며칠을 목표로 해보고 싶나요?
- ✔ 1년 이상 무언가 꾸준히 해본 적 있나요? 만약 있다면, 그 원동력은 무엇이었나요?

투 머치 인포메이션

자주 쓰이는 신조어 중에 'TMI'라는 것이 있죠. Too Much Information, 아무도 안 궁금해할 정도로 디테일하고 과한 정보라는 뜻인데요. 제 '한 장 그림일기'에는 정말이지 TMI가 가득했습니다.

내가 만든 테라리움의 이름이 '밍키'라는 것까지 사람들이 알아야 할까?

사실 남의 일기라는 것 자체가 내가 굳이 몰라도 되는 정보로 가득한 게 당연하긴 한데요. 그래도 많은 사람이 본다는 걸 알면 조금은 남에게 도움이 되는 정보를 담을 법도 한데, 아랑곳하지 않고 제가 하고 싶은 이야기만 그려냈던 걸 보고 있자니 지금 생각해도 조금 어이가 없습니다.

제가 그림일기를 그릴 당시만 해도 '인스타툰'이라는 단어는 사용되기 전이었고, 인스타그램에 올라오는 창작물이 '콘텐츠'가 된다는 인식도 적었어요. 내가 만드는 창작물을 모두가 보면서 즐기는 웹툰 콘텐츠의 개념으로 생각하기보다는, 그림으로 표현한 나의 일기를 남들도 겸사겸사 구경한다고 생각했던 것 같아요. 그런데 일기를 그려서 올리다 보니, 자꾸 TMI를 남발하게 되더라고요. 순간순간의 감정이나 엉뚱한 생각들, 웃기는 디테일을 덧붙여야 나중에 봤을 때 당시의 기억이 더 잘 떠오르기도 했고요. 솔직하고 자세하게 그릴수록 다시 봤을 때 한 번이라도 더 피식 웃을 수 있기도 했답니다.

신기하게도 그렇게 TMI를 넣어 그린 그림에 사람들의 반응이 오히려 좋았습니다. 자고 일어날 때마다 팔로워가 늘어 있는 걸 보면서, 기쁘긴 하지만 솔직히 '왜…?'라는 생각을 지울 수 없었습니다. 별로 특별할 것 없는 이야기인데 왜 관심을 가지고 좋아해주는 걸까 의아하기도 했고요. 뭐 때문에 반응이 좋은지 도통 모르겠으니까, 별수 없이 계속해서 누구도 알려달라고 한 적 없던 정보를 가득 담아 제 하루를 그려나갔죠.

그러다 한번은 '우산'에 대한 그림일기를 그린 날이 있었어요. 그날은 비가 많이 오고 바람도 세차게 불던 날이었는데, 우산이 비를 하나도 못 막아주는 데다가 계속 뒤집히기까지 하더라고요. 성질이 나서 우주여행도 하는 시대에 아직도 이렇다 할 발전이 없는 우산을 강력하게 비판하는 내용으로 일기를 채웠는데, 그 일기는 다른 때보다 유독 반응이 좋았어요. 나의 감정을 솔직하게 표현했을 뿐인데 다른 사람들도 우산의 불편함에 공감했던 거죠.

사실 제 그림일기를 보는 사람이 점점 많아지면서, 개인적인 이야기와 쓸데없는 디테일은 조금 줄이고 많은 사람이 두루두루 공감할 수 있는 이야기를 해야 하지 않을까 고민이 되던 때였는데요. 오히려

아주 평범한 개인의 이야기에서, 사람들은 자신과 겹치는 모습을 발견하고 공감을 한다는 걸 깨달았어요. 억지로 공감대를 찾아내려고 노력할 필요 없이, 그냥 내 이야기를 하다 보면 비슷한 경험이 있는 사람들은 공감할 것이고, 아닌 사람들은 신기해하거나 흥미로워하겠다는 생각이 들었습니다. 되도록 많은 사람이 공감할 수 있게 '평균값'을 찾아 헤매기보다는, 오히려 아주 개인적인 이야기를 하는 게 나도 편하고 다른 사람들 보기에도 재밌겠다 싶었어요.

솔직하고 자세하게 기록하는 것이 즐겁게 기록하는 비법입니다. 교과서처럼 정돈된 글만 쓰려고 하면 나중에 내가 읽어보았을 때도 딱히 재미가 없습니다. **객관적으로 사실만을 기록하는 대신 내 감정과 감상을 가득 담아보세요. 남들이 보기에 '쓸데없는' 디테일을 가득 덧붙일수록 좋습니다. 그것들이 전부 나만의 개성 있는 시선이거든요. 절대로 쓸데없지 않아요.** 이런 것까지 적을 필요가 있나 싶을 정도로 '투머치 인포메이션'을 가득 쏟아내고 난 다음, 차근차근 다듬어도 늦지 않습니다.

모든 것이 소재다

"어떻게 그렇게 매일 그림일기를 그려요?" 인터뷰를 하거나 오랜만에 사람들을 만나면 꼭 이런 질문을 한 번씩 들었는데요. 하루도 빠지지 않고 그림을 그려 기록을 남기는 것도 대단하긴 한데, 매일 그림으로 남길 재밌는 일이 있다는 사실을 더 신기해했던 것 같아요. 지금도 예전에 남겨둔 그림일기를 보면 온 세상 재밌는 일들은 다 제 앞에만 펼쳐졌던 것처럼 보이기도 합니다. 정말로 어떤 날에는 그릴 게 너무 많아서, 제일 재밌어 보이는 순서대로 줄 세운 뒤 몇 가지는 탈락시키기도 했어요. 여행을 가거나, 전시를 보거나, 생일 파티를 한 날들. 이른바 '스페셜 데이'에는 뭘 그리고 안 그릴지 소재를 추려내는 시간이 더 오래 걸릴 정도였죠.

일기를 그리다 보면 정말로 특별한 일이 없었다 싶은 날도 분명 있어요. 어떻게 사람이 매일 여행을 가고 전시를 보고 파티를 하

아... 오늘 뭐 그리지?

겠어요. 대부분은 그냥 집에 있거나 학교에 가서 수업을 듣거나, 그런 평범한 날들의 반복이죠. 그런데 신기하게 그런 날에도 그릴 게 있긴 하더라고요. 비록 특별한 일은 없었을지 몰라도, 24시간 동안 아무것도 안 하고 숨만 쉰 날은 없으니까요. 하루 종일 침대에 누워 있기만 했던 것 같은 날에도 잘 생각해보면 누워서 천장만 보고 있었던 건 아닐 거예요. 대충이라도 끼니를 챙겨 먹었을 것이고, 시간을 때우기 위해 핸드폰도 들여다봤겠죠? 정말 누워서 아무것도 안 한 날이 있다면… 누워서 무슨 생각을 했는지 적어볼 수 있겠네요!

기록할 만한 소재가 길가의 낙엽처럼 툭툭 떨어져 발에 채는 날도 있지만, 어떤 날은 눈을 씻고 찾아봐도 없어서 한참을 이리저리 찾아다녀야 하기도 합니다. 그래도 발굴하는 마음으로 잘 찾아보면 흥미로운 일들이 꼭 있기 마련이죠. **소재를 발굴하려면 먼저 자리에 앉아서 오늘 아침부터 무슨 일이 있었나 시간 순서대로 쭉 되짚어봅니다.** 몇 시에 일어나서 뭘 했지? 어디에 갔지? 가는 길엔 뭘 탔지? 점심과 저녁 메뉴는 뭐였지? 누구를 만났지? 여가 시간에는 뭘 했지? 이런 질문을 차례대로 떠올리다 보면 쓸 만한 소재를 두세 개쯤은 발견할 수 있습니다.

- 학교에 갈 땐 지하철을 탔지. → 옆자리에 앉은 사람 짜증 났었는데.
- 점심에는 마제소바를 먹었어. → 처음 먹어본 음식인데 나쁘지 않던 듯!
- 친구를 만나서 쇼핑했어. → 둘 다 아이쇼핑으로 끝났지만….

그렇게 찾아낸 소재에 내 감정이나 경험, 생각을 약간만 더하면 더 반짝이는 기록으로 만들 수 있습니다. 저 역시 이런 식으로 하나둘 찾아내어 기록하다 보니, 어느 순간 일상 속 모든 것들이 소재로 보이기 시작했습니다. 정확히는 가능성을 품은 씨앗들로 보이게 되었다고 할까요. 새로운 장소에 가거나, 새로운 사람을 만나거나, 새로운 음식을 먹을 때마다 그림일기에 기록할 생각으로 설레기 시작했어요. 심지어 짜증 나는 일이 생겨도 묘하게 설레더라고요. 분하고 화가 난다는 생각보다 얼른 집에 가서 이 말도 안 되는 일을 일기로 남겨야지 하는 생각이 더 먼저 들었던 것 같습니다. 작은 불행쯤은 내 일기를 더 흥미진진하게 만들어줄 소재처럼 느껴졌어요.

일상을 그림일기로 기록하기 시작한 뒤로 저는 인생이 참 재미있게 느껴졌어요. 분명 재밌는 일이 없었던 것 같은 날에도 제가 어떻게든 재밌는 일들을 찾아냈으니 그랬겠죠? 게다가 안 좋은 일들은 내 인생을 스쳐가는 사소한 해프닝으로 만들어버리니 금방금방 털어낼 수도 있었고요. 매일 일기를 쓴 덕분에 저는 저에게 일어나는 모든 일들을 '내 인생을 더 다채롭게 만들어줄 하나의 소재'로 여기는 긍정왕이 될 수 있었답니다.

무엇이든 좋아, 쓸데없는 기록은 없다

일기를 재밌게 써보려고 했는데 괜찮은 소재가 하나도 떠오르지 않는다면, 오늘 내 '감정'에 집중해보면 좋아요. 하루 동안의 기분을 그래프로 그려봤을 때, 위나 아래로 톡 튀어나온 부분에 주목해보는 거죠. 솔직한 감정이 담긴 기록은 두고두고 볼 수 있는 재밌는 이야기가 된답니다. 다음 질문에 답하며 흥미진진한 일기를 한번 남겨보세요.

✔ 오늘 재밌는 사건이나 기분 좋았던 순간이 있었나요?

✔ 오늘 짜증 나거나 기분 나쁜 일이 있었나요?

✔ 오늘 마주친 사람 중 특별히 기억에 남는 사람이 있나요?

비밀 일기장이 필요해

SNS에 그림일기를 올리기 시작한 후로, 모든 지인이 제 일거수일 투족을 알게 되었습니다. 어제 제가 뭘 먹었는지, 어디에 갔는지, 누구와 만나서 무엇을 했는지, 직접 이야기하지 않아도 다들 이미 파악하고 있었어요. 오랜만에 모임에 나가면 저는 근황 이야기를 생략해도 될 정도였죠. 심지어 남들 소식 업데이트가 조금 느린 한 친구는 저를 팔로우하고 계신 어머니께 제 최신 소식을 대신 전해 들으면서 '너는 친구면서 어떻게 나보다 걔에 대해 모르니?'라는 소리를 들어 민망한 적도 있었다고 합니다.

그런데 시간이 조금 더 지나니 이제 지인들뿐만 아니라, 살면서 단 한 번도 실제로는 마주친 적 없는 다양한 사람들이 저의 일상을 속속들이 알게 되었습니다. 친구의 친구, 연인의 회사 동료, 옛날 동창, 머나먼 친척들까지 잘 보고 있다는 말을 전해오자 약간 아찔해지기 시작했어요. 사람들이 저에게 관심과 애정, 그리고 응원을 보내주는 것이 좋기도 했지만 사실 그즈음 저는 그림일기를 그리며 자주 멈칫하

게 되었습니다. 이런 이야기를 그려도 될까? 고민하는 시간이 부쩍 늘
어났어요.

처음에는 분명 나에게 인상
적이었던 일들을 거침없이 그려
나갔는데, 어느 순간 마치 필터를
씌우듯 이것저것 신경 쓰기 시작했죠.
우울하거나 슬펐던 이야기를 그리려다가

나를 걱정할 주변 사람들이 떠올라 멈칫하고, 화가 났던 이야기를 그
리려다가 내가 예민하고 피곤한 사람으로 보일까 봐 자꾸만 제동을
걸게 되었어요. 음식점의 서비스가 별로였던 일을 그리려다가 혹시나
가게에 피해가 갈까 싶어 이름을 지우고, 친구랑 있었던 일을 그리려
다가 친구가 불편해할까 봐 다른 이야기를 그리기도 했어요.

완성한 그림일기를 보기 좋게 정리해두는 취미 공간이 계획에 없
던 폭풍 성장을 하게 된 것이 변수였습니다. 처음에는 가족들과 친구
들의 지원 사격으로 100명 정도의 팔로워를 모았고, 또 생각보다 빠르
게 1,000명까지 늘어나서 정말 가문의 영광으로 여겼는데요. 그 뒤로
무서운 속도로 팔로워가 늘더니 그림일기를 올린 지 3개월 만에 팔로
워가 1만 명으로 늘어나버렸고, 반년이 채 되지 않은 시점에 무려 5만
명이 구경하러 오는 어마어마한 일기장이 되어버렸습니다. 게다가 하
필 계정 이름부터 제 이름을 그대로 넣어 만드는 바람에 부담감은 배
가 되었습니다. 캐릭터의 생김새도 제 실물과 거의 똑같아서 저와 한

번이라도 인연이 닿았던 사람이라면 몇 가지 단서로 쉽게 제 일기라는 걸 알아볼 수 있었을 거예요. 음식점으로 치면 간판에 이름과 사진까지 걸어버린 셈이라 절대로 실수해선 안 될 것 같은 기분이 들었어요.

거침없이 그려나가던 일기에 하나둘 장애물이 생기기 시작하면서, 일상을 기록하며 뿌듯하고 즐거웠던 기분은 조금씩 가라앉고 그 빈자리를 압박감과 고민이 채우게 되었어요. 하루의 활력소였던 일기 쓰기가 어느 순간 숙제처럼 느껴졌죠. 무엇보다 힘들었던 건 그런 생각을 하루 종일 하면서도 그 마음을 그림일기에 담아낼 수 없었던 것이었어요. 내가 하루 동안 가장 많이 한 생각은 일기를 그리기 싫고 힘들다는 것인데, 정작 일기 안에는 활기차게 하루를 보내는 모습만 그려내는 것이 너무 가식적으로 느껴졌어요.

겉으로는 재밌어 보이는 일을 하며 멋지게 성장하고, 하고 싶은 것들을 다 하며 즐겁게 사는 사람으로만 보였기 때문에 주변에 쉽게 고민을 털어놓기도 힘들었어요. 고민 끝에 가까운 사람들에게 이야기해봐도 비슷한 상황을 겪어본 적 없기 때문에 깊이 공감해주기는 어려웠죠. 정말이지 울창한 대나무숲에 들어가 혼자 소리라도 지르고 오고 싶은 기분이었답니다. 그렇게 계속 혼자 끙끙 앓다가 스트레스가 폭발해서

당장 기차표를 예매해 겨울 바다라도 훌쩍 보고 와야 할 것 같았던 어느 날, 진짜로 떠나기는 귀찮은 마음 대신 펼친 노트가 의외의 해결책이 되어주었어요. 마음껏 소리를 질러도 아무도 듣지 못하는 곳. 제 대나무숲이 바로 거기 있었더라고요.

〈 다은의 대나무숲 〉
개략 200일동안

• 자고싶어. 일기 시작하고 12시전에 자본 적 없어. 자다가도 일어나서 다시 그렸어. 집에 들어가면 아무생각없이 드러누워 자고싶어. 4시 말고 2시에라도 자고싶어. 밤 새서 맞는 아침 말고 일찍자고 아침에 개운하게 일어나는 거 해보고 싶어.

• 대충 그리고 싶어. 예쁜 그림, 전에 그리던 방식과 같은 그림, 꽉꽉 채운 그림 말고 아무말 대잔치 하고 싶어. 보여지데 신경안쓰고싶어.

• 짜증내고싶어. 오늘하루 있었던 사람, 짜증이 확 끌어오른 상황 이야미 다 하고 싶어. 그 사람 욕하는 것 같아서 걱정 안하고, 그냥 내 감정

• 가볍게 여행가고 싶어. 여행갈때 무겁게 노트북이랑 타블렛 그만 싸들고가고 싶어. 피곤에 지쳐 옆으로 나앉께서 자는 사람 옆에서 그림 그리기 싫어!

다 보여주고 싶어. 부정적인 애 같아 보일 걱정 안하고 그냥 나라는 사람이 느낀 그 감정 다 드러내고 싶어.

• 보범인생 인정하고 싶어.
○ 보점에서 ‹ 유캠 억지로 찾아내기 싫어. 긍정병에만 걸려있긴 싫어. 포장하고 싶지 않아. 진짜 재미없었단말야.

• 이런 얘기 할 때 걱정하지 않고싶어. 원래 일기는 내거잖아. 내 감정 다 털어버리는 거잖아. 가장 솔직해야 하는 거잖아. 내가 어떤 사람으로 보일지 그만 걱정하고 싶어. 지금 여기 올리면 좋아요 몇개 눌린지 그만 걱정하고 싶어.

• 돈 벌고싶어. 나에게 도움준 사람들에게 아낌없이 보답하고 싶어. 잠고 보면서 그만 보안하고 싶어.

노트가 나의 대나무숲이 되어주었다.

나의 대나무숲

2017년부터 지금까지 계속 똑같은 몰스킨 노트를 색깔만 바꿔가며 꾸준히 사용하고 있습니다. 손바닥만 한 노트 한 권이지만 2만 원이 훌쩍 넘는데요. 만년 다이어리도 아니고, 뭔가 유용한 정보가 담겨 있는 책도 아닌데, 유독 몰스킨 노트는 비싼 가격에도 꾸준히 사서 쓰고 모으는 '마니아층'이 있기로 유명합니다. 그리고 지금은, 저도 그 마니아 중의 한 사람으로 굳건히 자리를 지키고 있죠.

지금은 꽤 낡아버린 나의 첫 몰스킨 노트

미국 여행을 떠나기 며칠 전, 당시 함께 크리에이터 인터뷰 콘텐츠를 제작하던 PD님이 여행하는 동안 멋진 영감들을 잘 모아오라며 선물해주셔서 처음으로 몰스킨 노트를 써보게 되었는데요. 무게도 가볍고 딱 주머니에 들어가는 사이즈라 여행하는 동안 잘 들고 다니긴 했다만, 사실은 뭘 적어야 할지 잘 몰라서 처음엔 정말 아무거나 기록했답니다. 그래서 우습게도 첫 노트의 첫 페이지에는 여행 준비물 체크리스트가 적혀 있어요. '영감 노트'와는 정말 거리가 멀죠?

여행을 하면서는 나름대로 차 안에서 본 뉴욕 풍경을 그리기도 하고, 여행 중에 떠오른 질문들을 적어두기도 하며 영감 기록에 힘썼던 것 같습니다. 여행이 끝난 뒤에는 학교에서 들은 강의 내용을 요약하기도 하고, 준비하던 개인 프로젝트의 기획안을 쓰기도 하며 노트의 페이지들을 멋지게 채워나가려고 노력했지요. 당시 저는 대학생인 동시에 이제 막 스스로 돈을 벌기 시작한 초보 프리랜서였기 때문에 일정도 완벽하게 관리하고 주어진 일도 프로페셔널하게 처리하고 싶은 마음이 컸는데요. 미팅 내용을 보기 좋게 정리하거나, 의뢰받은 광고툰의 콘티를 스케치하고 있으면 왠지 스스로 굉장히 잘 해내고 있는 기분이 들어 뿌듯하기도 했어요.

그렇지만 그때의 저에게 '영감 노트'보다 더 필요했던 건 나의 속마음을 정말 솔직하게 적을 수 있는 공간이었던 것 같습니다. 원래대로라면 일기에 적어야 하는 나의 속마음을 더 이상 일기에 적을 수 없게 되어버리니, 해소되지 않은 불안한 감정들이 제 안에 가득 쌓여 고

< 아, 일기 그리기 싫다. >

원래는 귀찮아도 일기 그리고 나면 하루가 기억에 남고 재밌는 일상을 산 것 같아서 뿌듯했는데, 요새는 부담스러워진 것 같다. 원래는 소소한 일상을 그려내는 나만의 비밀공간이었다면 이제는 내 얘기를 그럴듯하게 포장해서 어떻게든 재밌게 보여줘야 할 것 같은 강박이 생겼다. 이 단계를 넘어서. 이 고민을 끝내고 나면 좀 더 성장한 내가 되어 있을 거란걸 알지만, 그건 왠지 지금 이 순간의 나는 미성숙한 것처럼 느껴지게 한다. 즐거운 모습을 보여주고 싶은데 즐겁지가 않다. 어떤 하루는 즐겁지 않은 순간들 투성이였고 나는 그로 인해 하루종일 저기압이었을 지라도 왠지 즐거웠던 순간을 꾸역꾸역 찾아내거나 즐겁지 않은 이야기를 즐겁게 꾸며야 할 것만 같아. 아무도 그러라고 하지 않았는데도.

아직 슬픔을 드러내는 일에는 익숙하지 않은 것 같다. 이런 모습을 보여도 아무도 날 미워하지 않을 거란걸 알면서도, 어쩐지 부끄럽다. 강하고 밝은 사람이고 싶다. 비현실적이라도 있는걸까. 딱 작년 이맘때도 이런 고민을 하고 있었는데. 행복하고 소중한 일상들을 기록하면서 많이 좋아졌었는데, 역시 완전한 해결책은 아니었던 모양이다. 내가 꼭 한가지 기억해야 할 것. 내가 완벽한 사람이라는, 혹은 그런 사람이 되리라는 기대를 버려야한다는 것. 솔직한 사람이 되고싶지만 그건 정말 어려운 일이다. 남에게 나를 다 보여줄 수 있기는커녕 나에게도 내 진짜 생각을 숨기는 걸, 내가 만들어낸 나 말고, 진짜 내가 궁금하다. 예쁜 그림을 그리는 것도, 즐거운 그림을 그리는 것도, 사람들이 나를 알아주는 것도 좋지만 그게 내가 이 그림일기를 시작한 이유는 아니다. 내 삶을 사랑하고, 내 순간의 감정을 놓치지않고 싶어서이다.

일기 그리기 싫은 마음을 표현한 날

여가고 있었거든요. 그러던 어느 날, 더 이상 견딜 수 없는 마음에 무작정 노트의 빈 페이지를 펼쳐 속에 쌓여 있던 복잡한 감정들을 우다다 써내려갔어요. 취미가 일이 되어버려 혼란스러운 마음, 앞으로는 도대체 무슨 이야기를 해야 할지 고민되는 마음, 그럼에도 불구하고 주어진 기회에 감사하고 더 잘하고 싶은 마음들을 모두 종이에 쏟아내고 나니 서너 장이 순식간에 채워졌습니다.

그런데 일단 그렇게 적고 나니 갑자기 마음이 편안해지는 기분이 들었습니다. **정리되지 않은 생각들이 속에서 둥둥 떠다니는 바람에 계속 더부룩하고 체한 것 같았는데, 감정을 글자로 토해내고 나니 속은 편해지고 정신은 맑아졌습니다.** 내가 무엇 때문에 힘들어하고 있었는지, 줄곧 외면하고 있었던 문제가 뭐였는지 그제야 똑바로 볼 수 있게 되었던 거죠. 남이 쓴 글을 읽듯 한 발짝 떨어져 그 기록을 들여다보고 있으니, 자꾸만 스스로에게 해주고 싶은 말들이 떠올랐어요. 그렇게 스스로를 다독이기도 하고, 해결 방법도 제시하고, 가끔은 질책도 하면서 눈앞의 문제들을 차근차근 해결해나갈 수 있었습니다.

지금도 저는 조금이라도 마음이 복잡해질 때면 망설이지 않고 바로 몰스킨 노트를 펼쳐 속에 있는 생각들을 꺼내 기록합니다. 언제든 달려갈 수 있는 안전한 피난처랄까요. 특히 밤에 고민이 꼬리에 꼬리를 물고 이어져서 잠이 잘 오지 않을 때면, 잠깐 책상에 앉아 스탠드를 켜고 빠르게 고민을 쏟아낸 다음 다시 잠자리에 듭니다. 그렇게 한 뒤 '오늘은 어차피 해결할 방법이 없으니까 내일 마저 고민하자'라고 스스로 타협하고 나면 비교적 편안하게 잠들 수 있거든요.

노트에 쓴 글을 다시 읽으며 혼잣말을 할 때도 많다.

뒤죽박죽 기록하기

작업 노트, 영감 노트, 메모 노트, 일기장… 제가 쓰는 몰스킨 노트는 그때그때 부르는 이름이 달라집니다. 그도 그럴 게, 노트 속 기록의 종류가 아주 다채롭거든요. 저는 이 노트 안에 외주 작업 일정도 적고, 일상툰의 콘티도 그리고, 상반기 계획도 정리하고, 개인 프로젝트 기획안도 작성하고, 이모티콘 밑그림을 그리기도 합니다. 또 속상한 일이 있던 날의 일기를 쓰고, 전시회 후기도 적고, 이번 달 다짐을 기록하고, 새로운 굿즈 제작 아이디어를 스케치하기도 하고요. 이 노트 하나에 정말 모든 것들을 다 기록하고 있기 때문에 노트의 정체성을 뭐라 하나로 설명하기가 참 어렵네요.

처음에는 모든 종류의 기록이 뒤죽박죽 섞여 있는 모습이 그다지 마음에 들지 않았습니다. 글씨도 반듯하게 줄 맞춰 쓰고, 사진이나 티켓도 붙이고, 가끔 귀여운 스티커도 붙이며 아기자기하게 쓰는 '다꾸' 스타일의 노트로 사용할 생각은 애초에 없었지만, 그래도 이왕이면 남들에게 자신 있게 펼쳐 보여줄 수 있는 정도는 되었으면 했거든요. 예전에 노트에 자유롭게 기록하는 법을 소개하는 소규모 워크숍을 진행할 기회가 생겨, 참고가 되길 바라는 마음에 여태까지 쓴 노트를 가져가 자유롭게 구경할 수 있도록 배치해둔 적이 있었는데요. 수강생분이 구경 중인 페이지에 제가 새벽에 쓴 감성적인 일기와 외주비 입금 예정액이 떡하니 적혀 있는 걸 보고, 옆에서 조용히 비명을 질렀던 기억도 나네요.

또 가끔은 예전에 남겨둔 기록을 다시 꺼내보고 싶을 때가 있는데요. 날짜순으로 명확하게 정리되어 있는 게 아니다 보니 원하는 내용을 찾는 데 시간이 한참 걸립니다. 예를 들어 졸업 전시 준비 과정에 관련된 메모를 다시 찾고 싶으면 일단 그 시기에 작성한 노트가 몇 권인지부터 알아내야 해요. 다행히 지난 기록을 찾으며 몇 번 고생을 한 뒤로는 노트 책등에 권 수도 써두고, 첫 페이지에 노트를 쓰기 시작한 날짜도 적어두어서 약간은 수월해졌죠. 그래도 원하는 내용이 어느 페이지에 있는지 단번에 알 수는 없어서, 결국에는 한 권을 거의 다 넘겨봐야 할 때가 많습니다.

이렇게 누군가에게 과감하게 보여줄 수도 없고 가끔은 나조차도 보기 불편한 방식의 기록이지만, 저는 앞으로도 방식을 바꿀 생각은 없습니다. **자유로운 방식으로 쓰기 때문에 계속해서 기록할 수 있는 것일 테니까요. 반듯한 글씨로 쓰지 않은 덕분에 떠오른 생각을 놓치지 않고 빠르게 기록할 수 있었고, 온갖 내용을 한꺼번에 적었기 때문에 노트 한 권을 빈 페이지 없이 끝까지 알차게 쓸 수 있었겠지요.** 지난

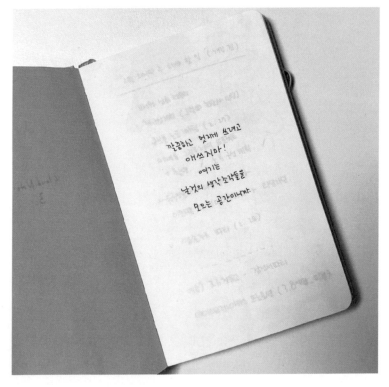

세 번째 노트의 첫 페이지

기록을 찾는 게 조금 번거로울지는 몰라도, 페이지를 넘겨보며 예전의 나는 어떤 생각을 하고 어떤 고민을 했는지 겸사겸사 되돌아보는 재미도 있습니다.

세 번째 노트 첫 페이지에 왼쪽 사진의 문장을 적어두었는데요. 두 번 정도 시행착오를 거쳐보니, 저에게는 역시 휘뚜루마뚜루 쓰는 것이 가장 잘 맞는다는 걸 깨달은 모양입니다. 사실 첫 노트가 영 어수선했던 것 같아, 두 번째 노트에서는 좀 더 글씨도 반듯하게 써보고 내용도 좀 더 보기 좋게 정리해보려 했는데 마음처럼 되지 않았어요. 깔끔하게 쓰려고 집중하는 그 찰나의 시간에 기억들이 금방 흩어져버리더라고요. 생각이 떠오른 그 순간 바로 기록하면 솔직하고 생생한 기록을 남길 수 있는데, 깔끔하고 멋지게 기록하려고 애쓰는 동안 놓치게 되는 것들이 아깝게 느껴졌습니다. 그래서 이후로는 노트를 멋지게 쓰겠다는 생각을 아예 내려놓기로 했어요. 애초에 누굴 보여주기 위한 기록이 아니라고 생각하니 한결 마음이 편해졌습니다. 그저 나를 위해서, 그때그때 내가 기록하고 싶은 내용들을 적절한 방식으로 적으면 되는 것이죠.

가끔은 암호 해독이 필요할 때도 있긴 하다.

기억력을 믿지 말기

저는 남들보다 기억력이 조금 안 좋은 편입니다. 예전부터 역사 과목을 참 좋아했는데, 슬프게도 시험에서는 한결같이 끔찍한 점수를 받곤 했어요. 분명 다 외웠다고 생각했는데, 사실은 뒷부분을 열심히 외우는 동안 동시에 앞부분의 기억은 계속 삭제되고 있었던 거죠. 사회인이 되어 이제는 시험을 볼 필요도 없으니, 기억력이 좀 좋지 않아도 상관없겠지 생각했던 건 오산이었습니다. 약속 날짜를 까먹고 다

그래도 나와 비슷한 사람들이 많아서 위로된다.

른 약속을 또 잡아버려서 친구들에게 혼나기도 하고, 오늘 업로드해야 할 광고툰이 있었다는 사실을 까맣게 잊어버려 곤란한 적도 있었기 때문이죠. 진짜 엄청나게 재밌는 소재가 떠올라서 절대 까먹지 말아야지 다짐해놓고, 아예 뭔가를 기억하려고 했다는 사실조차 기억하지 못할 때도 수두룩합니다.

머리가 나쁜 건 아닌 것 같은데 왜 유독 기억을 잘 못하는지 곰곰이 생각해봤는데요. 어쩌면 기억해야 할 게 너무 많아서 오히려 더 기억하지 못하는 것일 수도 있겠다는 생각이 듭니다. 이것도 기억해야지, 저것도 기억해야지 하면서 다 머릿속에 집어넣고는 있는데, 자꾸만 자리가 비좁아지니까 덜 중요한 것처럼 보이는 기억부터 순서대로 계속 삭제되는 것 같아요. **그런데 그렇게 삭제되는 기억 중에 버려지기엔 아까운 것들이 너무 많다는 게 문제죠. 작고 사소한 기억이라고 중요하지 않은 건 아니잖아요. 그 사소한 추억으로 평생을 살아갈 힘을 얻기도 하는걸요.**

그래서 저는 이제 잊어버리고 싶지 않은 내용일수록 더 필사적으로 종이에 옮겨 담고 있어요. 내 머리는 자꾸만 기억을 포기해버리지만, 종이에 남긴 기록은 내가 불태워 없애지 않는 이상 사라지지 않으니까요. **어떤 방식으로든 기록해두기만 하면 오래오래 생생하게 간직할 수 있어요. 기록의 형태가 완벽하지 않아도 괜찮아요. 대충 몇 글자라도 끄적여서 단서를 남겨두기만 하면, 나중에 더듬더듬 기억을 되짚어가며 다시 기억을 복원해낼 수 있거든요.**

그렇게 필사적으로 남겨 둔 기록들이 더 소중하게 여겨지는 요즘입니다. 삶이 점점 빠른 속도로 단조로워지고 있다는 게 느껴지거든요. 스무 살 무렵에는 정말로 하루하루가 재밌었어요. 처음 가보는 곳, 처음 먹어보는 음

식, 처음 해보는 일들…. 온통 처음 경험해보는 일투성이였으니까요. 설렜다가 불안하고, 화가 났다가 신나고, 단 하루 동안에도 감정이 롤러코스터를 타는 것처럼 휙휙 바뀌었습니다. 궁금한 것들도 정말 많았고, 좋은 것과 싫은 것들도 아주 명확했어요. 애쓰지 않아도 주변에 늘 사람들이 많았고, 가만히 있어도 흥미진진한 사건들이 눈앞에 펼쳐졌죠.

그러다 스물다섯 살이 넘어갈 무렵부터 급격하게 삶이 잔잔해졌습니다. 저는 분명 모험을 즐기고 새로운 것들에 도전하는 재미로 살던 사람이었는데, 이제 그런 것들은 다 피곤하고 그냥 집에서 맛있는 걸 먹고 쉬는 게 제일 좋아졌어요. 내가 뭘 좋아하고 싫어하는지 거의 다 파악했기 때문에 굳이 위험을 감수할 필요 없이 적당히 취향에 맞는 것만 보고, 적당히 어울릴 것 같은 옷만 사고, 적당히 귀에 익은 노래만 찾아 듣고, 적당히 결이 잘 맞는 사람만 만납니다. 그래서인지 익

숙해서 편안하지만, 새롭지 않아서 크게 설레지도 않는 날들이 반복되고 있어요.

그래서 저는 더더욱 조금이라도 새롭거나 설레는 일이 있으면 꼭 놓치지 않고 기록해두려 합니다. 나중에 심심하고 지루할 때마다 그때의 기록을 꺼내어 보면서 '아, 이런 적도 있었지?', '나 이런 것도 좋아했구나' 생각하며 다시 눈을 반짝 빛낼 수 있도록 말이에요. 오늘 멋진 순간을 하나라도 찾아냈다면 꼭 어디에든 적어두세요. 멋진 기억이라면 내가 어련히 잘 간직하겠지 하고 막연히 기대하면 안 된답니다. 자고 일어나면 그 기억은 100%의 확률로 말끔히 잊힐 테니까요!

기억은 잠시지만, 기록은 영원하다

사소한 것을 기록할 때는 스피드가 생명입니다. 기록 도구를 찾고 꺼내는 그 짧은 찰나에도 기억이 솜사탕 녹듯 사라져버리는 경우가 많거든요. 작은 것들을 놓치지 않고 기록하기로 결심했다면, 나에게 잘 맞는 빠른 기록법을 찾아야겠죠. 다음 질문에 답해보며 어떤 상황에 어떤 기록법을 택하는 게 좋을지 고민해보세요.

✔ 사진으로 찍어서 남기기 좋은 순간은 언제일까요?

✔ 핸드폰 메모 앱은 어떤 순간에 활용하면 좋을까요?

✔ 되도록이면 노트에 적어두는 게 좋은 내용은 무엇일까요?

작은 조각을 모아서

　저는 늘 마음 한편에 기대감을 품고 기록을 남긴답니다. 별생각 없이 가볍게 남긴 기록들이 시간이 좀 흐른 뒤에 좋은 소재가 되거나 고민의 해결책이 되어준 경험을 실제로 몇 번 하고 나니 '어라, 그럼 이 기록도 혹시?' 하게 되더라고요. 씨앗을 심는 마음으로 노트 안에 크고 작은 삶의 조각들을 잘 담아두고 있습니다.

　하지만 그렇게 심어둔 씨앗들이 전부 다 멋진 결과물로 이어지지는 않습니다. 재밌다고 생각해 일상툰 소재로 쓰려고 적어두었지만, 다음 날 읽어보니 재미가 없는 것 같아서 쓰지 않을 때도 많아요. 또 굿즈 아이디어를 잔뜩 남겨뒀지만, 실제 제품으로 완성된 건 손에 꼽을 정도예요. 나중에 조금 더 성장하면 해결 방법을 찾을 수 있지 않을까 싶어 이런저런 삶의 고민들을 노트에 많이 적어두었는데, 두 번째 노트에서 했던 고민을 열두 번째 노트에서도 여전히 똑같이 하고 있습니다.

　그래도 모아두면 언젠가 쓸모가 생긴다고 믿기 때문에 저는 계속

해서 작은 기록 조각들을 모으고 있습니다. 오늘 일상툰의 소재로 쓰지 못한 에피소드도 몇 달 뒤 다시 활용하게 될 수도 있고요. 실현되지 못한 굿즈 아이디어도 나중에 제작 예산이 더 많아지면 몇 개 더 실제로 만들어볼 수 있을 거예요. 두 번째 노트에서도, 열두 번째 노트에서도 해결되지 않았던 고민은 스물두 번째 노트쯤에서 해결될 수 있을지도 몰라요. 그때 지나온 고민의 여정을 쭉 돌아보며 내가 성장한 모습을 되짚어볼 수 있다면 굉장히 뿌듯하겠죠.

오늘 남겨둔 짧은 기록은 하나의 조각에 불과해서 당장은 의미가 없어 보일지도 모릅니다. 하지만 기록 조각 100개를 모으고 나면 퍼즐이 맞춰질지도 모르는 일이죠. 나도 몰랐던 내 속마음을 깨닫게 될지도 모르고, 숨겨져 있던 나의 가능성을 발견하게 될 수도 있어요. 남겨둔 기록에서 영감을 얻어 멋진 작품을 완성하게 될 수도 있고, 어떤 방향으로 나아가야 할지 헷갈릴 때 길잡이가 되어줄 수도 있어요.

어떤 기록이 언제 보물이 될지 모르니 하나도 놓치지 않고 되도록 많이 모아두는 것이 좋습니다. 모든 조각들을 소중히 모아주세요. 아주 작은 조각도 분명히 쓸모 있는 날이 올 테니까요!

글씨나 내용이 마음에 안 든다고 지우거나 찢어버리는 건 금물!

기록 도구 추천

1. 추천 조합

몰스킨 다이어리

스마트폰보다 살짝 큰 크기로, 대부분의 옷 주머니 안에도 쏙 들어가므로 부담 없이 가지고 다닐 수 있어요. 커버가 딱딱해서 책상에 올려두지 않고 손에 든 채로도 반듯하게 글씨를 쓸 수 있고요. 저는 그림 메모도 자주 남기기 때문에 줄이 없는 버전을 선호하는데, 예쁜 한정판 표지는 늘 줄이 있는 버전으로만 출시되어서 아쉽습니다.

유니볼 시그노 0.38mm

끊김 없이 부드럽게 쓸 수 있는 기본 볼펜입니다. 잉크 타입이긴 하지만, 금방 말라서 번짐 없이 사용할 수 있어요. 잉크를 다 쓰면 리필만 교체할 수 있어서 경제적입니다. 뚜껑을 여닫는 게 불편하다면 노크형을 쓰셔도 좋습니다. 작은 글씨로 노트의 페이지를 꽉 채워서 쓰는 걸 좋아한다면 0.28mm, 큰 글씨로 빠르게 쓰는 걸 좋아한다면 0.5mm를 추천합니다.

2. 기타 추천 아이템

미도리 MD 노트

가볍고 튼튼한, 기본에 가까운 노트입니다. 가격이 저렴한 편이고, 표지가 깔끔해서 스티커를 붙여 꾸미기도 좋아요. 내지 종류도 다양한데 저는 무선이나 모눈을 추천해요. 모눈의 경우에는 원고지처럼 활용할 수도 있어서 글씨를 깔끔하게 쓸 수 있습니다.

아날로그 키퍼 핸디북

작은 노트를 좋아하는 분들께 추천합니다. 한마디씩 적거나 짧은 일기를 남기기에 좋아요. 작아서 글을 많이 적을 수는 없지만, 한 페이지를 금방 채울 수 있다는 게 매력입니다. 표지의 끈 포인트도 귀엽고 다양한 색상이 있어서 고르는 재미가 있습니다.

소소문구의 디깅 노트

자리에 앉아 차분하게 기록을 남기고 싶은 분들께 추천합니다. 사이즈가 약간 큰 편이라 일기를 쓰거나 독서 기록을 남기기에 굉장히 좋습니다. 모눈 칸 주변으로 넓은 여백이 있는데, 저는 모눈 칸에 먼저 기록을 남기고 여백에 생각을 덧붙이며 쓰고 있습니다.

무인양품 목제 샤프 2mm

연필의 감성을 좋아하지만, 매번 깎아 쓰는 게 귀찮은 분들을 위한 샤프 타입의 펜슬입니다.

Chapter 2
기록의 종류

기록의 성격

지난 기록물들을 쭉 정리해보니, 제 기록 스타일은 크게 네 가지로 나눠볼 수 있겠더라고요. 추억하는 기록, 쏟아내는 기록, 질문하는 기록, 정리하는 기록이라는 이름을 붙여봤는데요. 각각의 기록이 어떤 성격을 가지고 있고, 어떤 역할을 해줄 수 있는지 간단히 소개해볼게요.

'추억하는 기록'은 인상 깊었던 순간들을 생생하게 기억하기 위한 기록입니다. 특별해서 오래도록 기억하고 싶은 여행의 순간부터, 너무 사소해서 기록하지 않으면 금방 까먹을 것 같은 일상의 순간까지 잘 붙잡아 남겨두는 것이죠. 서툴더라도 작은 그림을 덧붙이면 더 재밌는 기록이 됩니다.

'쏟아내는 기록'은 내 안에 있는 감정과 생각들을 꺼내는 기록입니다. 고민이 있거나 스트레스가 쌓였을 때, 그것들을 마음에 담아두는 대신 글자로 종이에 옮겨 적는 거죠. 친구에게 하소연하듯이, 평소 말투대로 술술 적어보면 좋습니다.

'질문하는 기록'은 스스로 질문하고 답을 찾아가는 기록입니다. 앞으로 어떤 선택을 하고 어떤 방향으로 나아갈지 막막할 때, 타인에게 답을 구하는 대신 나 자신과 대화를 해보는 거예요. 의식의 흐름대로 쓰되, 계속 떠오르는 생각을 코멘트처럼 덧붙이면 좋습니다.

'정리하는 기록'은 길잡이 같은 기록입니다. 크고 작은 목표를 설정한 뒤 선택의 이유를 잘 정리해두면, 나중에 길을 잃고 헤맬 때 다시 방향을 잡는 데 도움이 됩니다. 언제 다시 봐도 잘 읽히도록, 깔끔히 정리된 느낌으로 기록해두면 좋습니다.

어떤 기록은 빠르게 적을수록 좋고, 어떤 기록은 천천히 시간을 갖고 적을수록 좋아요. 기록하는 이유와 목적을 잘 생각해보고, 그에 알맞은 방식으로 기록해보세요. 다음 페이지에서 예시와 함께 자세히 설명하겠습니다.

추억하는 기록

'추억하는 기록'은 인상 깊었던 순간들을 생생하게 기억하기 위한 기록입니다. 특별해서 오래도록 기억하고 싶은 여행의 순간부터, 너무 사소해서 기록하지 않으면 금방 까먹을 것 같은 일상의 순간까지 잘 붙잡아 남겨두는 것이죠. 서툴더라도 작은 그림을 덧붙이면 더 재밌는 기록이 됩니다.

기념일 같은 특별한 날이나 정말 재밌었던 사건들은 당연히 기억에 오래 남을 거라고 생각하지만, 막상 시간이 흐르면 기억은 흐릿해집니다. 하지만 기록으로 그 순간에 대한 작은 단서라도 남겨놓는다면, 금방 기억을 되짚어 그때의 느낌을 생생하게 떠올릴 수 있죠. 제가 남겨둔 몇 가지 기록을 함께 살펴보면서, 어떤 방법으로 추억을 기록하면 좋을지 생각해보면 좋겠습니다.

제가 삿포로 여행을 갔을 때, 넷째 날 남겼던 기록인데요. 첫 줄에 제가 여러분께 전하고 싶은 말이 그대로 적혀 있네요. '역시 여행의 기록은 그날그날 남겨야 한다'고 말이죠. 이렇게 있었던 일을 흐름대로 자세히 남겨두면, 하루를 통째로 생생하게 기억할 수 있다는 장점이 있습니다. 그러나 이 방식으로 기록하려면 조금 부지런할 필요가 있죠. 오늘은 피곤하니까 내일 남겨야지 하고 미루는 순간, 기억에 구멍이 숭숭 뚫려버리니까요. 잠들기 전에 그날 있었던 일을 바로 적는 것이 가장 좋은데요. 그래도 제 경험에 따르면 48시간까지는 기억력이 버텨주는 것 같습니다. 그러니까 적어도 다음 날 저녁에는 기록을 남겨야 한다는 것이죠. 이렇게까지 성실하게, 바로바로 기록할 자신이 없는 분들을 위해 다른 방법도 알려드릴게요.

친구들과 경주 여행을 떠났을 때 남긴 건데, 잘 보면 언제 어디에 갔는지 자세하게 적혀 있습니다. 제가 갑자기 기억력이 아주 좋아져서 이렇게 써놓을 수 있었던 건 당연히 아니고, 실은 사진을 참고해서 기록했습니다. GPS를 켜두고 사진을 찍으면 시간과 장소가 다 저장된다는 점을 활용했는데요. 내가 찍은 사진을 보다 보면, 그곳에서 무얼 느꼈고 어떤 생각을 했는지 다시 떠오릅니다. 그때를 놓치지 않고 디테일을 써두는 거죠. 석류나무를 보고 떠올린 생각이나, 카페에서 어떤 노래를 들었을 때의 오묘한 느낌 같은 디테일은 사진에 담기지 않습니다. 이렇게 사진을 통해 얻은 단서를 바탕으로, 나만의 시선이 담긴 기록을 함께 남겨보세요. 좋았던 순간을 더 생생하게 기억할 수 있답니다.

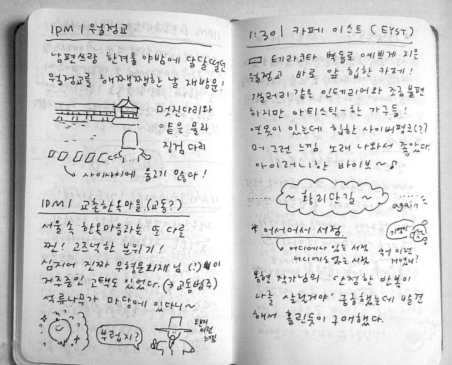

하루 동안 있었던 일을 반드시 순서대로 전부 기록할 필요는 없습니다. 꼭 기억하고 싶은 재밌는 에피소드가 있다면, 그것에만 집중해서 자세하게 써보는 것도 좋아요. 아래는 태국 여행을 갔을 때 마사지를 받고 느낀 점을 써둔 건데요. 마사지를 받는 동안 느낀 내적 갈등이 자세하게 적혀 있어, 지금 봐도 재밌는 기록 중 하나입니다. 얼굴 마사지를 받을 때 화장이 마사지 길(?)을 따라 씻겨나가서 당혹스러웠던 심정, 지금도 생생하네요. 간단한 그림을 곁들여두면 나중에 봤을 때 보기에도 좋고 더 재밌는 이야기가 될 거예요. 이 챕터 마지막 부분에 나만의 캐릭터 그리는 방법을 팁으로 간단히 남겨두었으니, 참고해서 더 생생한 기록을 남겨보면 좋을 것 같습니다.

아래는 제가 정말 좋아하는 페이지입니다. 스웨덴과 노르웨이 여행에서 발견했던 저만의 웃음 포인트들을 한데 모아둔 건데요. 맥락 설명이 하나도 없어서 다른 사람이 보면 도대체 무슨 말인지 모를 수 있겠지만, 저는 남겨둔 단어들만 봐도 웃음이 나고 당시의 순간이 눈 앞에 생생하게 그려집니다. 이렇게 사소한 추억들이야말로 기록하지 않으면 무조건 까먹어버리는데요. 그렇게 놓치는 작은 '추억 조각'들이 아주 많기 때문에, 오히려 이렇게 간단하게라도 남겨둔 기록이 더 희귀하고 소중하게 느껴집니다. 남들 눈에는 암호처럼 보이겠지만 몇 년이 지나도 나는 다 해독할 수 있으니, 짧게라도 기록해두는 것을 추천합니다.

추억하는 기록은 미래의 나를 위한 것입니다. 시간이 지난 뒤 다시 펼쳐보았을 때, 내가 과거를 생생하게 추억할 수 있도록 돕는 거죠. 그러므로 있었던 일을 사실 그대로 전부 적기보다는, 내가 주목했던 순간 위주로 쏙쏙 골라 적는 편이 좋습니다. **기분 좋았던 순간, 불쾌했던 경험, 예쁘다고 생각한 물건들, 뜬금없는 궁금증 등 미래의 내가 흥미로워할 만한 작은 기억 조각들을 수집해보세요.** 시간이 없을 때는 짧은 단어로만 적어두어도 충분합니다. 작은 그림도 함께 그려두면 더할 나위 없이 좋습니다. 한눈에 봤을 때도 좀 더 재밌어 보이거든요.

추억하는 기록을 되도록 많이 남겨두세요. 어떤 기억이든 시간이 지나면 다 좋은 추억이 되니까요. **중요한 건 망각의 파도가 와서 싹 다 쓸어버리기 전에, 늦지 않게 기록하는 것입니다.** 오늘 인상 깊었던 순간이 있다면 꼭 놓치지 말고 붙잡아보세요!

◆ 차에서도 기록

냉정하게 들릴지 모르지만 기록할 시간이 없다는 것은 다 핑계입니다. 사실 마음만 먹으면 걸어가면서도 기록할 수 있어요. 예전에 미국 여행을 떠났을 때, 하루 종일 단체로 움직이느라 혼자서 조용히 기록할 시간이 거의 나질 않았는데요. 그럼에도 기록할 방법은 있었습니다. 바로 모두가 잠든 이동 시간을 활용하는 것이었죠. 미국의 휴게소는 한국과 주전부리 종류가 완전히 달라 재밌다고 느꼈는데, 기억이 사라지기 전에 차 안에서 빠르게 기록해보기도 했고요.

뉴욕 거리에서 교통체증 때문에 차에 묶여 있었던 시간을 활용해, 거리의 풍경을 관찰하고 그림으로 남겨보기도 했어요. 건물 외벽에 계단이 있는 점이나, 택시 표시가 있어야 할 자리에 광고판이 대신 있는 점을 흥미롭게 느꼈던 것 같아요.

덜컹거리는 차 안에서 메모하느라 글씨는 엉망이었지만, 덕분에 예쁘게 써야 한다는 강박이 사라져서 오히려 편한 마음으로 기록할 수 있었어요. 삐뚤빼뚤한 그림도 나름 매력적이고요. 흔들리는 차 안에서도 멀미가 심하지 않은 분이라면, 이렇게 이동 중에도 자투리 시간을 활용해 기록을 남겨보세요!

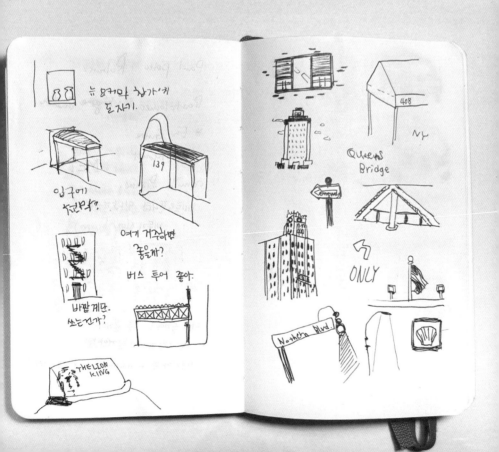

✦ 비행기 안에서

스웨덴에 교환학생으로 가 있는 친구를 만나러 떠나던 비행기에서 남겼던 기록입니다. 혼자서 비행기를 타는 건 처음이라 긴 비행시간 동안 정말 심심했었는데요. 노트와 펜을 챙겨간 김에, 비행기에서 일어나는 사소한 일들을 이것저것 기록했어요. 러시아 항공사를 이용했는데, 기내식도 승무원도 한국과 스타일이 아주 달라서 재밌는 포인트가 많았거든요.

그리고 이때 처음으로 비행기 안이 기록을 남기기에 최적의 환경이라는 걸 깨달았어요. 크게 떠드는 사람이 없어 조용하고, 약간의 백색소음도 있죠. 개인 테이블도 있고, 불이 다 꺼지면 독서등도 켤 수 있어요. 여러모로 집중하기에 아주 좋은 조건이죠.

기록해볼 소재도 넘쳐납니다. 기내식 맛 평가만 해도 한 페이지가 금방 채워질 거예요. 다가오는 여행에 대해 기대하는 마음을 적어보거나, 여행이 끝나고 돌아가는 길에는 느낀 점을 정리해봐도 좋습니다. 열심히 기록하다 보면 시간도 아주 잘 갑니다. 앞으로 비행기를 탈 일이 있다면, 꼭 노트와 펜을 챙겨보세요!

장거리 비행을 견디는 법.

· 일단 킬링타임 컨텐츠 *필수.

　게임이나 영화가 재밌으면 좋은데 이번엔 아닌듯.
　넷플릭스를 빵빵하게 받아라서 다행이야.

· 편한 베개

　사실 베개 팔에 끼우고 자려 했었는데
　좌석 사이가 너무 좁아서 허리를 숙이다
　머리를 박을 거 같아 포기,

· 그리고 이 모든 것이
　언젠가 분명히 끝난다는
　마음가짐. 10시간도 결국은 다 간다 … 휴!
　내가 모스크바에 가다니!
　언젠가 시베리아 횡단열차를 탄거얏.

※ 그나저나 옆자리 아저씨는 10시간동안
　쉬 한번을 안한다. 나때문에 참고있나?
　마 가는 비행기에서 몽골인 부부는
　둘이 합쳐 10번은 간 것 같은데 …

　(그러고보니 이거, 터치스크린 이다.)

뒷사람이 자꾸 기지개켜면서. 발고락을
의자에 갖다대는게 느껴진다.
저 사람참 몸이 아냐 …
이 의자는 정말 좋아 …

꾹!

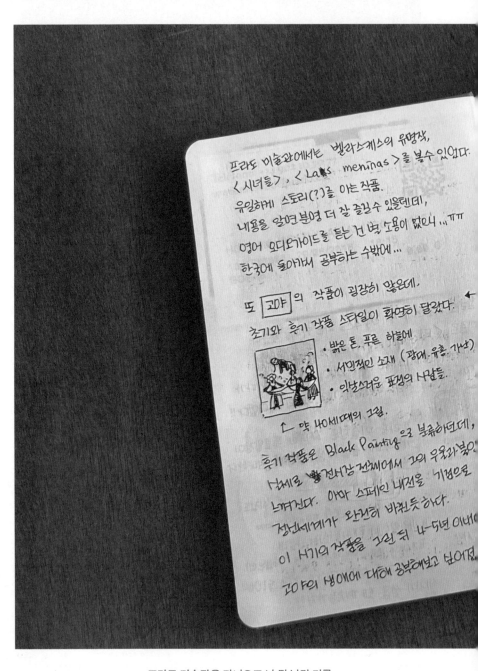

프라도 미술관에서는 벨라스케스의 유명작,
〈시녀들〉, 〈Las meninas〉를 볼 수 있었다.
유일하게 스토리(?)를 아는 작품.
내용을 알면 분명 더 잘 즐길 수 있을텐데,
영어 오디오가이드를 듣는 건 벽 소용이 없으니 ...ㅠㅠ
한국에 돌아가서 공부하는 수밖에 ...

또 고야 의 작품이 굉장히 많았는데,
초기와 후기 작품 스타일이 확연히 달랐다. ←

- 밝은 톤, 푸른 하늘에
- 서민적인 소재 (광대. 유흥. 가난)
- 익살스러운 표정의 사람들.

↑ 약 40세 때의 그림.

후기 작품은 Black Painting으로 분류하던데,
전체로 그림과 그림 전체에서 그의 우울과 분노를
느껴진다. 아마 스페인 내전을 기점으로
정신세계가 완전히 바뀐듯 하다.
이 시기의 작품을 그린 뒤 4~5년 이내에
고야의 병애에 대해 공부해보고 싶어졌

프라도 미술관을 다녀오고 난 뒤 남긴 기록

94

오른쪽은 비워두었다가, 전시장 밖에서 관련 내용을 검색해 마저 채워 넣었다.

✦ 자리를 남겨두기

앞의 사진은 스페인 마드리드의 프라도 미술관을 다녀오고 난 뒤 남긴 기록입니다. 고야의 작품을 인상 깊게 봤는데, 오디오 가이드를 따로 신청하지 않아 작가의 생애와 작품을 온전히 이해하기가 어렵더라고요. 그래서 일단은 궁금한 작품을 그림으로 간단하게 그려서 표시해두고, 옆쪽의 한 페이지를 아예 비워두었습니다.

전시장을 나와 휴대폰으로 궁금했던 내용을 검색하고, 비어 있던 페이지에 관련 내용을 마저 채워 넣었습니다. 작품을 제대로 이해하지 못한 채로 감상평만 남겨두었다면 반쪽짜리 기록이 될 뻔했는데, 나중에 내용을 더 채울 수 있도록 자리를 비워둔 덕분에 보다 완성된 기록을 남길 수 있었어요.

기록하다가 나중에 더 쓰고 싶은 내용이 있다면, 옆 페이지를 비워두는 것을 추천합니다. 쓰고 싶은 내용이 많을 수도 있으니, 과감하게 두세 페이지 정도 비워두는 것도 좋아요.

✦ 자투리 추억들

커다란 사건은 없었지만 자잘하게 이것저것 많이 한 날에는 이렇게 번호를 매겨서 일기를 써보는 것도 좋아요. 이런 소소한 기억들이야말로 기록해두지 않으면 잊어버릴 수밖에 없거든요. 자투리 추억들도 놓치지 말고 틈틈이 모아보세요!

✦ 좋은 습관 나쁜 습관

'아, 오늘은 완전 망했어!' 목표한 일을 다 끝내지 못했거나 하루가 내 마음처럼 흘러가지 않은 날에는 이런 생각을 하게 됩니다. 기준을 정해놓고 성공과 실패로 오늘 하루를 평가한다면 '망한 하루'는 계속 쌓여만 갈 것이고, 자꾸만 시간을 허비하는 나를 자책하게 될 거예요.

대신 이렇게 해보면 어떨까요? 오늘 했던 모든 행동 하나하나가 '표'라고 생각해보는 거예요. 내가 바라는 삶에 가까워지는 행동이면 Good 투표함에 한 표, 멀어지는 행동이라면 Bad 투표함에 한 표를 넣는 거죠. 당장은 나쁜 쪽에 표가 더 많이 쌓였더라도, 내일 좋은 쪽에 더 많이 넣으면 되니까 좌절할 필요 없어요. 아무튼 좋은 쪽으로 되도록 많이 쌓다 보면 점점 내가 원하는 모습에 가까워질 수 있을 거예요. 하루를 이렇게 좋은 습관과 나쁜 습관으로 나누어 기록해보고, 내가 잘 가고 있는지 확인해보세요!

2022. 07. 23. sat

GOOD ☺

* 배달음식 안먹고 집에서
된장찌개 해먹었다.

* 요리하고 설거지해야지~
하고 미루지 않고 요리 전에
미리 설거지했다. 쾌적!

* 5시쯤 졸렸는데 참았다.
이때 자면 밤에 못자 ☺

BAD ☹

* 햄스터게임 (약)중독된듯.
새벽에 불끄고 안경도 안쓰고 함.

* 오전에 일어나고 싶었는데
오후 다 돼서 (1시(?)) 일어났다.

추억하는 기록

느낀 점을 생생하게 기억하려면 바로바로 기록하는 것이 좋지만, 시간이 오래 흐른 뒤에도 마음만 먹으면 추억하는 기록을 남길 수 있어요. 간단하게라도 남겨둔 사진만 있다면 말이죠. 예전에 찍은 사진을 보며 기억을 되짚어보고, 떠오른 추억들을 기록으로 남겨보세요.

✔ 여행 사진을 정리하며 여행 기록 남겨보기
✔ 친구들과 같이 찍은 사진을 보며 모임 기록 남겨보기
✔ 그동안 찍어둔 음식 사진을 보며 맛집 기록 남겨보기

쏟아내는 기록

'쏟아내는 기록'은 내 안에 있는 감정과 생각들을 꺼내는 기록입니다. 고민이 있거나 스트레스가 쌓였을 때, 그것들을 마음에 담아두는 대신 글자로 종이에 옮겨 적는 거죠. 친구에게 하소연하듯이, 평소 말투대로 술술 적어보면 좋습니다.

가끔 집중도 정말 안 되고 잠도 잘 오지 않는 날이 있습니다. 그럴 때 저는 억지로 생각을 정리하려고 노력하기보다는, 일단 노트를 펼쳐 들고 속에 있는 생각과 감정들을 그대로 빈 종이에 옮겨 적어보곤 합니다. 박스에 들어 있던 짐들을 바닥에 와르르 쏟는 것처럼, 머릿속에 둥둥 떠다니는 생각들을 종이에 글자로 와르르 쏟아보는 거죠. 지금 내 감정이 어떤 상태인지, 어떤 문제가 내 머리를 지끈거리게 하는지 한번 솔직하게 쭉 적어보는 거예요.

저의 첫 '쏟아내는 기록'은 앞서 소개했던 '대나무숲 기록'이에요. 소리가 밖으로 새어 나가지 않는 대나무숲에서 혼자 소리치듯이, 계속 꾹꾹 눌러두기만 했던 묵은 감정과 고민을 종이에 털어놓고 나니 마음이 한결 편해지더라고요. 괜히 아무한테나 말했다가 내 약점이 될까 봐, 혹은 주변 사람들에게 마음의 짐을 하나 더 얹어주게 될까 봐 선뜻 꺼내지 못했던 이야기들을 꺼낼 수 있는 공간이 있다는 것만으로도 위안이 되었죠.

그 뒤로 미묘하게 마음이 답답한 날이면 어김없이 노트를 펼쳐 들고 속에 쌓인 이야기들을 쏟아내곤 했습니다. 겉으로 봤을 때 내 삶은 별문제 없이 평온했던 것 같은데, 막상 글을 적기 시작하면 속에 쌓여 있던 이야기들이 우르르 쏟아져 나오더라고요. 해결되지 않은 문제와 감정들이 있는데 일단 오늘을 잘 살아내기 위해 아무 일 없는 척, 괜찮은 척을 하다 보면 결국 그것들이 쌓여서 속을 썩이기 마련이에요.

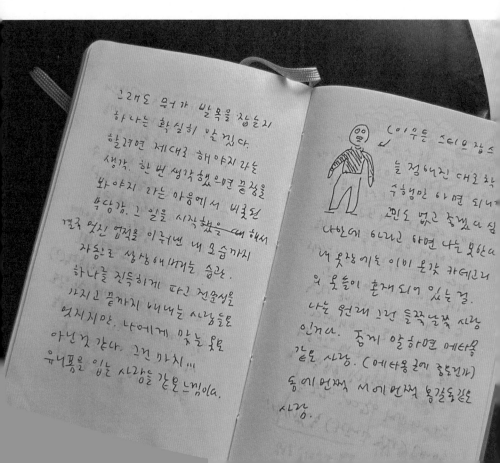

감정이 쌓여서 곪지 않도록, 생각이 엉켜서 마음을 어지럽히지 않도록, 그때그때 내 안에 있는 마음들을 솔직하게 꺼내보고 제대로 들여다보는 것이 좋습니다.

쏟아내는 기록을 통해 나의 진짜 마음을 들여다보는 일에 익숙해지면, 지금 나를 괴롭게 하는 문제가 무엇인지 객관적으로 파악할 수 있게 됩니다. 그리고 나에게 잘 맞는 해결 방법도 스스로 찾아낼 수 있죠. 아래 사진은 제가 자꾸 계획만 세우고 과감하게 실행하지 못하는 이유가 무엇인지 고민해보고 남긴 기록의 일부인데요. 일단 생각나는 대로 쭉 적고 나서 다시 읽어보니 '할 거면 제대로 해야지'라는 생각이 오히려 부담감을 만들고 있었다는 걸 알 수 있었어요. 애초에 나

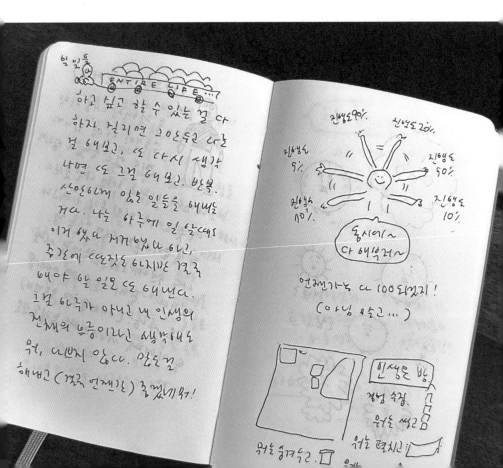

는 뭔가 하나를 진득하게 하지 못하는 성격인데, 억지로 맞지 않는 옷을 입으려 했다는 것도 깨닫게 되었고요. 그래서 이것저것 하고 싶은 일을 조금씩, 동시에 하는 쪽으로 노선을 변경하기로 했습니다. '나는 대체 왜 이 모양일까?'라는 질문에서 출발한 것치고는 꽤나 괜찮은 결론에 다다르지 않았나요?

◆ ◆ ◆

쏟아내는 기록을 잘 활용하려면 내 마음 그대로 솔직하게 적어야 합니다. 가슴이 답답한 날에는 일단 아무 글자나 적어보세요. 사소한 낙서도 괜찮습니다. 아무 말이나 끄적거리다 보면 결국은 요새 내가 자주 하는 생각, 내 머릿속을 가득 채운 고민들이 가장 먼저 밖으로 튀어나오기 마련입니다. 일단 발동이 걸리고 나면 그다음부터는 지금 하고 있는 생각들을 쭉 적어보세요. 글자가 엉망이어도 상관없습니다. 화나는 일에 대해 적고 있다면 욕을 남발해도 괜찮아요. 꼭 완성된 문장으로 적어야 할 필요도 없어요. 내 평소 말투와 똑같을수록 솔직한 이야기를 담기 편합니다.

복잡한 계산을 해야 할 때, 암산하는 것보다 실제로 계산기를 두드리는 편이 훨씬 쉽고 정확하죠. 생각 정리도 마찬가지입니다. **눈을 감고 상상만으로 생각을 정리하는 것보다 일단 글로 쭉 써본 다음에 해결책을 찾아보는 게 훨씬 쉬워요.** 머릿속을 다 헤집어 나를 괴롭히

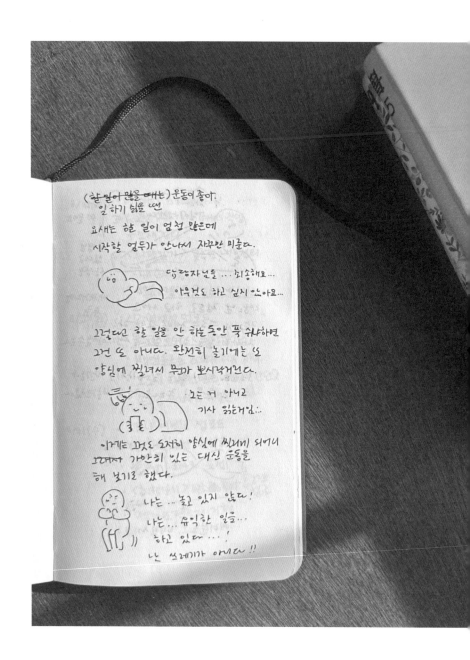

는 생각들을 일단 종이에 와르르 쏟아낸 다음, 남이 쓴 글을 읽듯 차분하게 읽어보세요. 나를 괴롭게 한 문제가 어떤 것이었는지 전보다 명확히 보일 거예요. 막상 마주하고 나면 생각보다 별거 아니라는 걸 깨닫고 금방 해결할 수 있을지도 몰라요.

✦ 불만 기록

대학생 시절 저는 수업을 그리 열심히 듣는 학생은 아니었습니다. 3학년 무렵부터 일을 시작해 늘 마음이 콩밭에 가 있었거든요. 졸업을 위해 억지로 앉아 있어야 하는 시간이 거의 고문처럼 느껴졌어요. 그나마 흥미로운 과목이라면 조금은 견딜 만했지만, 강의는 그다지 천직이 아닌 듯한 교수님을 만나면 정말 집중하기가 힘들었어요.

수업에는 하나도 관심이 없지만 그걸 대놓고 티내기는 조금 죄송스러울 때, 어김없이 노트를 펼쳐 뭔가 집중해서 적는 척을 했는데요. 어떨 땐 이렇게 마음에 들지 않는 점을 한가득 적기도 했어요. 나도 어쩌면 언젠가 강의를 하게 될지도 모르는데, 그때 지루하지 않은 수업을 하려면 어떻게 해야 할지 고민해보며 나름 '생산적인 딴짓'의 시간을 가졌답니다.

[왜 이렇게 강의를 못할까!]
좋은 강의와 나쁜강의?

* 강의가 정말 안되는 강의
→ 강연자가 자기 얘기만 하려고 하는 것.
  "어째라고?"
  나(학생)이 필요로 하는 정보. 결여
  (현재 - 와 - 미래 에 관한것)
  ↳ 과거 자신의 이야기를 늘어놓는 것에 머묾.

* 왜 커리큘럼을 지키지 않을까?
  그걸 보고 수업을 예상하고.
  배우게 될 내용을 기대하는건데.
  마음대로 바꾸는 순간 신뢰와 흥미가 수직⤓하락.

* 좋은강의는!   시대에 뒤떨어진
           →   낡은 자료 안됨.
  • 정보전달이라면 : 정말 필요한 정보를.
  • 아니면 자유로움 발상, 그리고 탄탄한 피드백
  • 구체적인 과제 제공. 과제로 인해 얻을 수
    있는 탄탄한 결과물이 있어야 한다.

• 인터넷으로 원한다면 얘기는 어디서도
  가장 쉽고 구체적인 정보를 얻을 수 있다.
  → 책 · 당형에 의거한 교수/선생 1인의
    지식은 더이상 필요하지 않다.

• 4차 산업혁명의 인재를 길러내려면
  (구시대적 대학에서는)
  고등학교 선생님은 더이상 Naver...

↳ 스마트폰으로 YOUTUBE만 틀어도
  수업을 선생님 / 십만가득이 존재한다.

• 내가 방각하는 / 뛰어넘는 강의의 요소는.
  ─ 정보가 아주아주 원활하게 이야기는 강의.
  ─ 교수에 강의에 노하우 좀더 담아서 '가.마.에
    반박/ 추가/ 첨삭 등 모든 담론을
    교따끄따 부담없이 나눌수 있는.
  ─ 참여자의 반응도 중요하지만.
    1차 강의가 좋아야 반응 할수 있는것.
    " 분위기 형성 "
  ─ 피드백을 할 때의 태도.
    상하 · 수직 관계 이니라 수평적 창업자로.

◆ 자아 성찰

'나, 이대로 괜찮은가?'라는 생각이 들 때는 자아 성찰의 시간을 가지기도 해요. 단점이 있다면 고치고, 문제없다고 생각하면 자신감을 가질 수 있도록 말이죠.

예전에는 내가 뭘 좋아하고 싫어하는지 전부 솔직하게 표현하는 성격이 제 큰 매력 포인트라고 생각했어요. 그런데 문득 이런 태도가 오히려 새로운 사람과 친해질 기회, 나와 생각이 다른 사람과도 대화해볼 기회를 차단하고 있는 게 아닐까 하는 생각이 들더라고요. 장점이라고 생각했던 성격이 한편으로는 치명적인 단점이 될 수도 있겠다싶어, 조금 더 다듬을 수 있는 방법을 고민해봤어요.

반대로 단점이라고 생각한 성격이 장점이 될 수도 있어요. 하고 싶은 것도 많고 바라는 것도 많은 욕심 많은 성격이 정말 피곤하다고 생각했는데, 막상 글로 적어보니 많은 것들을 열망하는 게 나쁜 것만은 아니라는 생각도 들더라고요. 일단 목표를 크게 세우고 최대한 노력하다 보면 목표 언저리에라도 도달할 수 있으니까, 계속 많은 것들을 욕심내야겠다는 결심이 섰답니다.

무조건 내가 맞는다고 우기며 아무것도 바꾸려 하지 않으면 더 나은 사람이 될 수 없어요. 남들이 고치라고 하기 전에 내가 먼저 알아서 고칠 수 있도록, 가끔 이렇게 기록을 통해 나를 돌아보는 시간을 가져봐도 좋을 것 같아요.

(솔직함) → 양날의 검.

모든 감정을 있는 그대로 표현하는게 좋은
게 아니다. 감정을 속에 쌓아두지
않으려면 (나)는 편하지만 그것을 받아
들여야 하는 (타인)은 더 힘들어질 수
있다. 왜냐하면 내가 언제 내 의견을
강하게 표현함으로 인해 생겼던 불편
함을 느끼고 입을 닫아버릴 수 있기 때문.
반대 의견을 가지고 있는 경우, (싸움)이
생길 수도 있으니 굳이 선하지 않은 사람들
자신의 감정을 숨기려고 말 것이다.

솔직하고 내 주장, 의견, 감정을 스스로 인지
하고 있는건 좋지만 그걸 (표현) 하는
건 또 다른 문제인 것 같아.

|다들 건들지 마세요. 건들면 죽어!!|
의 자세가 수많은 기회 (인연, 일...)
를 오히려 날아버릴지도 모른다.

때로는 (이것저것 아니어 보일 수도 있는)
뻔뻔 자세가 떳떳해도 하다.

나라며 가능성을 언제나 열어두되
스스로의 주관을 내면에 묵묵히
세우는 것이 중요하다는 생각이 든다.

복싱 이야말로 삶의 전점.
무엇이든 적당히 가능한하지요.
아무것도 열어버지 않는 삶은
너무 지겹 지루하고 의미가 없을
것 같아. 짧음 인생, 이차피
태어난 거 나름열심히 꾸려보다
죽고싶어. 난 복싱이 있어서
목표를 크게크게 세우고, 이루기
위해 악착같이 노력하며,
그까지도 지름길로 가보려고
여러 궁리. 지름길로 가는 이유는
그저 이루고 싶다면 이니 위에서.
시간 걸어야야 하니까. ㅋㅋㅋ
돈도 많이 벌고 싶음. 돈이 모르길
이루구치 않지만, 돈으로

기회를 살수 있음. 돈으로 여행을
가서 세상을 이해받기 기회를 얻을
수 있음. 이것저것 사보며 내 취향
을 찾을 기회도. 맛있는 걸 먹으며
행복할 수도 있고, 시간을 효율적
으로 쓸 수도 있음 (ex. 버스 - 택시.)
나눌 사람들과 나누며 사랑을
키워서 나눌 수도 있고. 소중한 사람을
지킬 수도 있음. 묵상하는 건 자연스럽
고 당연한 일이고, 그 과정에서 누군가
에게 피해나 상처를 주지 않는다면
최선을 다해 목아나가고 싶음. 공이
인연 깨어진 관경도 ♥ 크다동 OO이
거니 과우영. 말하는 대로 이뤄
지리라.

✦ 후회하지 않기

《참을 수 없는 존재의 가벼움》이라는 책을 읽던 중 마음에 드는 문장을 발견해서 옮겨 적어봤어요. 문장을 계속 곱씹다 보니, 문득 얼마 전에 다녀온 태국 여행이 떠올랐습니다. '로컬 여행'에 꽂혀 현지인들이 자주 가는 외진 곳만 찾아다녔는데, 사실 살짝 후회가 될 정도로 고생을 많이 했답니다. 하지만 곰곰이 생각해보니, 다른 선택을 했다고 더 좋았으리란 보장도 없겠더라고요. 중요한 건 내 선택이 옳았다 믿고 의미를 부여하는 것이라는 생각이 들었어요.

책을 읽다가 뭔가 떠오른다면, 이렇게 영감을 준 문장과 함께 내 생각을 기록해보는 것도 좋아요. 멋진 문장 옆에 내 글을 적으면 덩달아 멋져 보이는 효과도 누릴 수 있답니다.

인간의 삶이란 오직 한번뿐이여,
모든 상황에서 오로지 딱 한번만
결정을 내릴 수 있기 때문에 과연
어떤 것이 좋은 결정이고 어떤것이
나쁜 것인지의 결코 확인할 수 없을
것이다. 여러가지 결과를 비교할 수있듯
두번째, 세 번째, 혹은 네 번째 인생이
우리에게 주어지진 않는다.

우리는 평범 <u>선택</u>을 하며 살아야 한다.

내가 좋아하는 내 선택. 이미힘 지나간 일은
최대한 추억하지 않는다. 더 싼 가격에
물건을 구입하지 못한 것 보다 과제에 한 ~~들까지~~
진로 것들까지. 그걸 바꾼다면
과연 나는 행복해질까? 타이밍어긴 영화
를 오며 과거의 무언가를 건드리면 현재
까지 다한 바꿔버린다. 우연가
복잡속스러운 벗을 바꾸면, 여전히 다른
것이 복잡요스러운 것이다. 우리는 결정
으로 이루어진 존재이기 때문에.

이번 여행.
차라리 그 시간이 그를 향병.

잘자 뚝쪽.
ㅅㄴ 사리

조결강선을 찾으려 간 비목 아래역 카페에리
까지 가는 길을 떨고 얻고 횡단했고
그렇게 도착한 카페에는 특별한 게 없었다.
그리고 그곳을 다녀오는 동안 ~~오늘은 제목~~
내가 누릴 수 있는 '주말 저녁'의 시간은
모두 소진되어 버렸고, 내가 갖고 싶던
귀여운 물건들을 파는 주말 시장을 갈 기회
는 사라져버리고 말았다

그러나 내가 그 시간에 야시장을 가는 것을
택했더라면 과연 나는 100% 만족했을까?
덥고 사람 이어지고 비위생적이라고 짜증
내다가, 이걸걸 피하려고 온 여행인데
결국 또 전형적인 것 하게 되었다고 아쉬워
하진 않았을까? 그건 모르는 일이다.

"우리가 추구하는 목표는 항상 배일어가고
낳이다. 그것을로 수단을 최여를 사이고 진가
모르는 것을 갈망하는 것이다. 명예를 추구
하도 청년도 명예가 무엇인지 크고
모르며 우리의 행위에 더비를 넣어나는 깃을
누리게도 항상 침치는 미래이 그 무엇이다."

오빠가 도시심을 갖고 먹망하는 것이다.

이러은 미지의 선택이 때로는
독려을 대도 있다. 하나를 갖고 하나를
잃은 선택에 내가 책임질 수 있을까!
만족할 수 있을까?

그러나 중요한 벗은 <u>선택 이후의 삶이라</u>
생각한다 내 선택을 내가 못은 것이라
믿고, 의미를 부여하/갖고, 사랑하는
것. 나만의 정답을 만드는 것.
ㅅㅅㅇ.

✦ 생각 털어내기

야심차게 굿즈 브랜드를 오픈했지만 자꾸만 브랜딩, 의미, 메시지 같은 단어들에 집착하다 보니 계속 제동이 걸렸습니다. 도대체 뭐가 문제인지, 어떻게 극복할 수 있을지 고뇌했던 과정이 고스란히 담겨 있는 기록이에요. 상당히 의식의 흐름대로 적혀 있죠?

쏟아내는 기록 속에서 어느 순간 해결책이 반짝! 떠오를 때도 있지만, 사실 이렇게 고민이 마무리되지 않은 상태로 끝날 때가 더 많습니다. 그럼에도 한 번씩 이렇게 묵은 생각들을 툭툭 털어내면 문제는 해결되지 않더라도 기분은 한결 나아진답니다.

✦ 달라진 내 모습

저는 노트 안에 두려움, 불안함, 막막함 같은 감정들을 가감 없이 적어놓는데요. 모든 문제가 해결되고 마음이 평온해졌을 때, 한창 휘몰아치던 시기의 기록을 다시 읽으면 '내가 이랬다고?' 하며 신기한 느낌이 들곤 해요. 나도 모르는 새 성장해 있었던 거죠.

그래서 가끔은 과거와 현재를 비교해서 내가 얼마나 달라졌는지 정리해보는 기록을 남기기도 합니다. 언젠가 다시 성장통을 겪는 시기가 찾아왔을 때 잘 이겨낸 기록을 되짚어 읽어보면, 힘든 시기도 분명 굿즈 브랜드... 왜 이리 어려워?
단단라이프... 나는 왜 이렇게
까지 '단단'에 집착하냐구~
의미 그놈의 의미~ 사실
귀여우면 장땡 아니여?
잘 팔리는 것들은 다 귀여울
뿐이야. 막 귀여울 자신없나!

 걍 처음부터 새로운
캐릭터 만들지 말고 (나)로 갈걸
그랬나? 근데 그거 너무 나야...
좀 부끄러운 건 어쩔 수 없어.
근데 나는 캐릭터 하나의
이야기를 전개해 나가다보면
꼭 또 다른 캐릭터를 만들고

싶다? 변덕쟁이. 가볍게 툭툭.
던지는 게 좋아. 조각조각을
그러모아서 가끔 하나로 크게
만드는 게 좋아. 하나하나는
보잘것없을지라도 모아보면
생기는 신기한 의미~ 세상~

□□□□□ 이거 하나가 다른 하나로
□□□□□ 어떻게 이어질지 너무
깊이 생각하지 않고, 원대한
계획 X 튼튼한 설계 X 그냥 하고
싶으면서도, 나중에 뭔가 설정
붕괴 되는 게 두려워서 지지부진.
진짜 설정 집착이 지금의 문제
인걸까! 아니야 많은 하게

생각해보면 지르는 힘이 부족
하니까 고민하는 척 하면서
은근 슬쩍 머뭇거리는 것 같기도.
일종의 핑계인거지. 짜증나.
이건 내자신이~ 앞만 보고
달리지 못하는 내가 너무
맘충이같아 ~ㅠ STRESS!
자꾸 제동이 걸리니까 재미가
없지. 스스로가 너무 태클을걸어.
마주아주 크고 자유로운 틀을
잡아놓고 그 안에서 놀자.

ex. 굿즈 → 사이즈만

나는 움직는 걸 못해~ ☆

자유분방나

롱 더 프로페셔널
해지고 싶은 나

아니야~ 자책하느라
시간 버리지 말고! 계획
이나 다시 정리해봐.

끝이 있고 잘 버텨내면 한 계단 성장해 있을 거라는 생각에 힘이 나거
든요.

이전 노트에 적힌 기록을 보면서 느낀 점.

확실히 여유가 생겼다.
나에게 일어나는 사건들이나, 휘몰아치는 업무들,
들쭉날쭉한 스스로의 감정에 대처하는 방법을
전보다는 잘 찾아가고 있는 것 같고.
무엇보다 (시간)의 주인이 되려고 잘 노력하고
있는 것 같다. 괜히 조급해서 발 동동 구르고,
남들의 성과와 내 모습을 비교하며 자책하거나
불안해하고, 그 불안을 달래기 위해 급히
하지 않아도 될 일들을 벌이고 시간에 끌려
다니다가 결국 많은 일들을 책임지지
못하고 끝나는 상황이 줄어들고 있는 것 같다.
몸의 휴식과 정신의 비움을 의식적으로 챙기고,
'어쩔 수 없지'와 '그럴 수도 있지'를 마치
주문처럼 외우면서 산다.

너무 합리화가 아닌가 하는 생각이 들 때
있지만, 나는 내 자신을 다그치기보
적당히 어르고 달래면서 가야 될 지
걸 이제는 안다. 당근과 채찍이 둘
필요하지만, 당근를 더 좋아하는 타입이

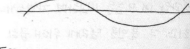

들쭉날쭉한 감정의 곡선 사이에서
'중간'의 느낌이 뭔지 찾고 그걸 유지하
목표가 있었는데, 잘 가고 있는 것 같다

무리하지 말고, 내 속도대로!
다 먹고 살기 위해서 (X)
↳ 다 행복하기 위해서 (O) 하는 일이니

쏟아내는 기록

스트레스가 아예 없는 사람이 세상에 있을까요? 아마 모든 사람의 마음에는 불안, 짜증, 분노 같은 부정적인 감정들이 깔려 있을 거예요. 아래 질문을 보고 떠오르는 생각이 있다면 노트 안에 남김없이 쏟아내보세요. 손이 아프도록 적고 나면 마음이 한결 후련해질 거예요.

✔ 요즘에 가장 큰 고민은 무엇인가요?

✔ 꼭 해야 하는 일이지만 미루고 있는 일이 있나요?

✔ 부러워서 미칠 것 같은 사람이 있나요?

질문하는 기록

'질문하는 기록'은 스스로 질문하고 답을 찾아가는 기록입니다. 앞으로 어떤 선택을 하고 어떤 방향으로 나아갈지 막막할 때, 타인에게 답을 구하는 대신 나 자신과 대화를 해보는 거예요. 의식의 흐름대로 쓰되, 계속 떠오르는 생각을 코멘트처럼 덧붙이면 좋습니다.

프리랜서 생활의 가장 큰 장점을 꼽자면 역시 '혼자 일한다는 것'이 아닐까 싶어요. 남의 눈치를 봐야 할 필요도 없고 다른 사람에게 혼나거나 잔소리를 들을 일도 없죠. 그런데 맡은 일이 어려워지고 복잡해질수록 혼자 일하는 게 마냥 좋지만은 않다는 생각이 들었어요. 나를 힘들게 하는 '상사'가 없어서 좋기도 하지만, 나에게 일하는 방법이나 나아갈 방향을 알려줄 '사수'도 없다는 뜻이니까요. 모든 걸 나혼자 알아내고 모든 결정을 혼자서 내려야 하는 상황에 부담감을 느낄 때가 많았어요.

그래서 저는 혼자서도 옳은 길로 나아갈 방법을 연구하기 시작했고, 그렇게 탄생한 게 바로 질문하는 기록법입니다. 질문하는 기록은 고민이 있거나 방향을 정해야 할 때 내 안에서 답을 찾는 기록이에요. 내 마음은 내가 제일 잘 아니까, 잘 파고들면 진짜 내가 원하는 게 뭔지 알아낼 수 있을 거예요.

저는 일이 잘 풀리지 않거나 변화가 필요할 때 질문하는 기록을 자주 활용하고 있어요. 아래의 사진은 제가 인스타그램에 그림일기를 올리기 시작한 뒤 2년쯤 지났을 때 남겼던 기록입니다. 그림일기라는 형식에 변화를 줄 때가 온 것 같은데, 어떻게 바꿔보면 좋을지 잘 모르겠더라고요. 그래서 반응이 좋았던 콘텐츠들을 정리해보고, 또 내가 그림을 그리며 즐거웠던 순간은 언제였는지 스스로 질문을 던져봤

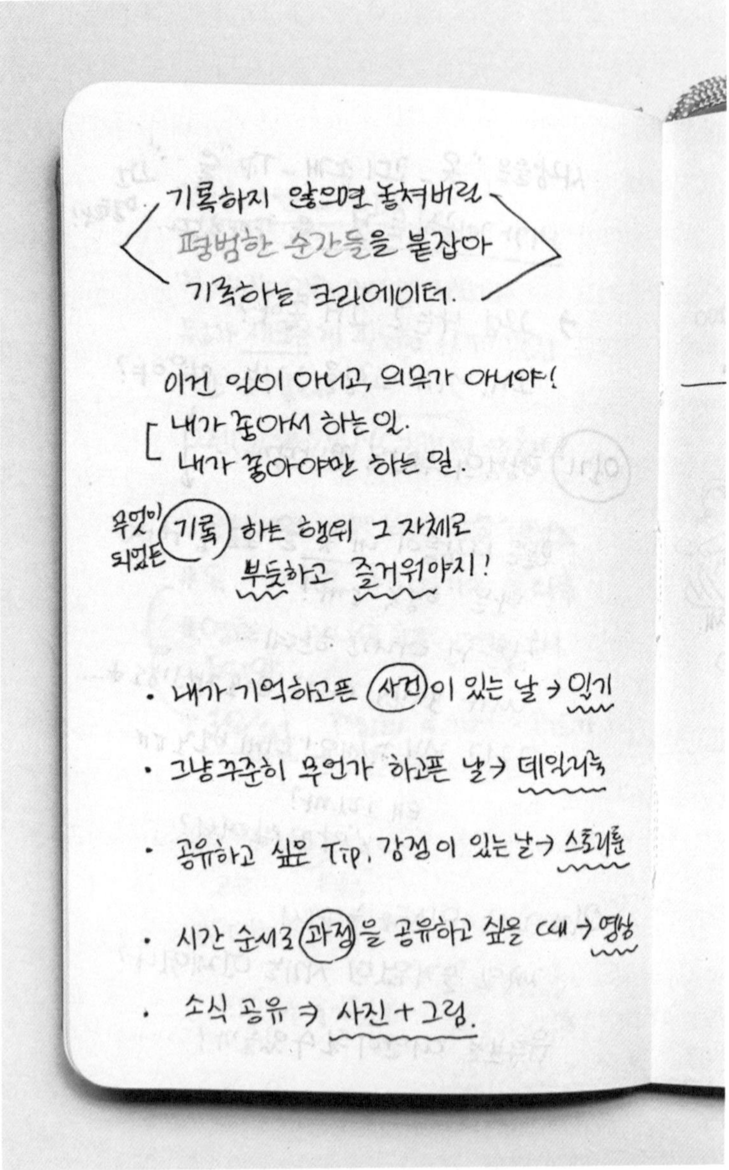

< 기록하지 않으면 놓쳐버릴
평범한 순간들을 붙잡아
기록하는 크리에이터. >

이건 일이 아니고, 의무가 아니야!
[내가 좋아서 하는 일.
  내가 좋아야만 하는 일.

무엇이 (기록) 하는 행위 그 자체로
되었든   부듯하고 즐거워야지!

• 내가 기억하고픈 (사건)이 있는 날 → 일기

• 그냥 꾸준히 무언가 하고픈 날 → 데일리룩

• 공유하고 싶은 Tip, 강점이 있는 날 → 스토리툰

• 시간 순서로 (과정)을 공유하고 싶을 때 → 영상

• 소식 공유 → 사진 + 그림.

118

어요. 그리고 떠오른 생각들을 종합해서 그럴듯한 슬로건도 만들고, 앞으로 제작할 콘텐츠를 종류별로 정리해봤답니다.

　한번은 슬럼프에 빠져서 계속 어디론가 도망가고 싶다는 마음이 들었는데, 어딘가 숨어버리는 대신 감정을 똑바로 마주보기로 했습니다. 이런 마음이 어디에서 비롯된 건지 스스로에게 질문을 던져본 다음, 나름대로 답을 해보며 감정의 뿌리를 찾아보았죠. 한 발짝 떨어져 지금 처한 상황을 객관적으로 바라보니 감정이 조금 정리되더라고요. 내가 느끼는 감정에 다 이유가 있었다고 생각하니 왠지 위로받는 기분도 들었고요. 마음이 힘들 때는 자꾸 부정적인 생각으로 이어질 수 있으니, 이렇게 감정을 제대로 정리해보는 게 더 나을 수 있어요.

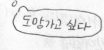

도망가고 싶다 　↖ 왜?

이 마음은 어디에서 비롯된 걸까?

① 인스타 반응률, 팔로우가 다 원래보다 저조해졌다.

② 야심차게 준비한 여행전시가 내 기대만큼 멋지지는 않았다. = 아쉬움이 남는다.

③ 광고 컨텐츠들 기계적으로 제작하게 되었다 = 매너리즘

④ 내가 봐도 재미없는 광고컨텐츠를 인스타에 올리면, 가뜩이나 안좋은 반응이 더 떨어지겠다 싶어서 더 하기 싫다.

⑤ 그러면 광고그림 대신 새로운 수익수단 찾아보는 방법이 있는데

⑥-1 어디서부터, 뭘 해야할지 모르겠고

⑥-2 그 새로운 일로 지금의 수익보다 더 안정적인 수입을 내는데 얼마나 걸릴지, 가능은 한건지 걱정되고 막막하다.

⑦ 아예 이거 자체가 지금의 문제에 대한 정면돌파가 아니라 회피처럼 느껴지기도 한다.

⑧ 부족한 내 모습을 아득하게 괴롭고,

⑨ 그럼에도 오늘 또 움직여야 하는 사실이 괴롭지만, 다음 안내려 노력중.

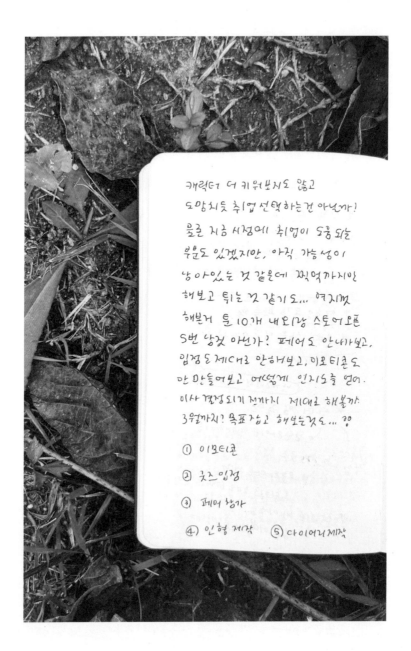

캐릭터 더 키워보지도 않고
도망치듯 취업선택하는건 아닌가!
물론 지금 시점에 취업이 도움 되는
부문도 있겠지만, 아직 가능성이
남아있는 것 같은데 찍먹까지만
해보고 튀는 것 같기도... 여지껏
해볼거 들 10개 내외(량 스토어오픈
5번 낭긴것 아닌가? 페어도 안나가보고,
입점도 제대로 안해보고, 이모티콘도
안 만들어보고 어렸게 인지도를 열어.
이사 결정되기 전까지 제대로 해볼까.
3월까지? 목표잡고 해보는것도... ♡

① 이모티콘

② 굿즈입점

③ 페어 참가

④ 인형 제작   ⑤ 다이어리제작

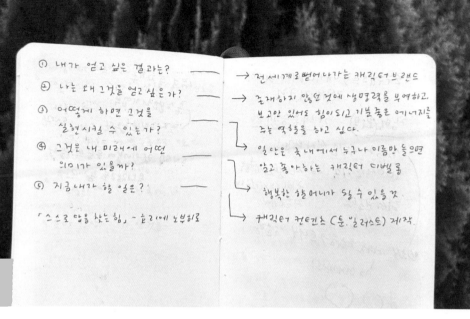

① 내가 얻고 싶은 결과는? ———— → 전세계로뻗어나가는 캐릭터 브랜드

② 나는 왜 그것을 얻고 싶은가? ———— → 존재하지 않던 것에 생명력을 부여하고.
　　　　　　　　　　　　　　　　　　　　　보고만 있어도 힘이되고 기분좋은 에너지를

③ 어떻게 하면 그것을　　　　　　　　　　주는 역할을 하고 싶다.
　　실현시킬 수 있는가?　　　　　　└→ 일단은 국내에서 누구나 이름만 들으면
　　　　　　　　　　　　　　　　　　　　알고 좋아하는 캐릭터 디벨롭

④ 그것은 내 미래에 어떤　　　　　　　→ 행복한 출처어가 될 수 있을 것.
　　의미가 있을까?
　　　　　　　　　　　　　　　　　　　　└→ 캐릭터 컨텐츠 (툰, 일러스트) 제작.

⑤ 지금 내가 할 일은? ————

「스스로 답을 찾는 힘」 - 흐리에 노부히로

　　질문하는 기록은 결정을 내릴 때도 도움이 됩니다. 최근에 진지하게 취업을 고민했던 적이 있는데, 막상 이력서를 쓰려니 왠지 망설여지더라고요. 자꾸만 멈칫하게 되는 이유를 찾기 위해 기록을 남겨봤습니다. 먼저 취업하려는 이유를 쭉 적어본 다음, 어떤 점이 마음에 걸리는지도 이어서 적어봤어요. 회사에서 일하게 되면 지금 하는 일을 그만둘 수밖에 없을 텐데, 아직 도전해보지 못한 일들에 미련이 많이 남았던 것 같아요. 솔직한 내 생각을 알게 되니 못다 한 일들을 빠짐없이 다 도전해보는 쪽으로 마음이 기울었답니다. 선택의 기로에 놓였는데 어느 쪽이 맞을지 확신이 서지 않을 때 이렇게 질문을 던져보면 내 진짜 마음이 무엇을 원하는지 판단하는 데 도움이 된답니다.

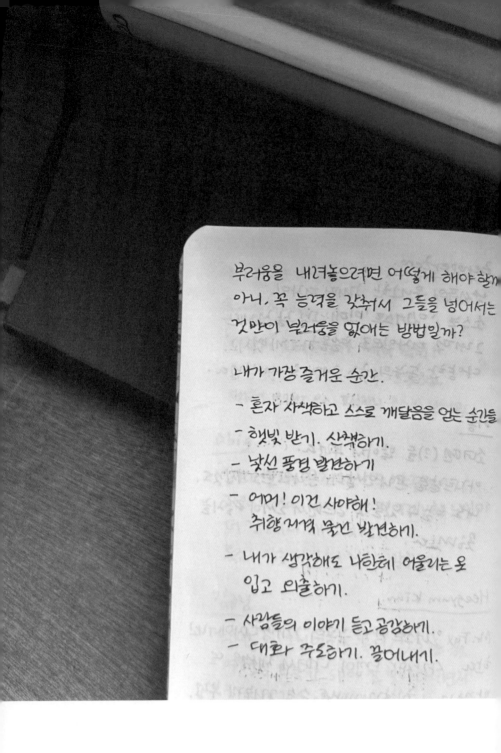

부러움을 내려놓으려면 어떻게 해야 할까?
아니, 꼭 능력을 갖춰서 그들을 넘어서는
것만이 부러움을 없애는 방법일까?

내가 가장 즐거운 순간.

- 혼자 사색하고 스스로 깨달음을 얻는 순간들
- 햇빛 받기. 산책하기.
- 낯선 풍경 발견하기
- 어머! 이건 사야해!
  취향저격 물건 발견하기.
- 내가 생각해도 나한테 어울리는 옷
  입고 외출하기.
- 사람들의 이야기 듣고 공감하기.
- 대화 주도하기. 끌어내기.

좋은 답을 얻기 위해서는 좋은 질문을 던지는 것도 중요합니다. 어떤 질문을 던져야 생각을 잘 정리하고 영감을 얻을 수 있을지 감이 오지 않는다면 책을 참고해보는 것도 좋습니다. 저는 자기계발이나 심리학 분야의 서적을 자주 읽는 편이에요. 이런 책들이 좋은 질문을 많이 던져주거든요. 책에 적힌 질문에 그대로 답해보기도 하고, 글을 읽다가 궁금한 점이나 고민해볼 점이 생기면 잠시 책을 덮고 제 생각을 기록하기도 합니다. 혼자서만 계속 질문하고 답하다 보면 내 세상 안에 갇히게 될 수 있으니 가끔 이렇게 다른 사람의 시선을 통해 시야를 넓혀보는 것도 좋아요.

◆ ◆ ◆

질문하는 기록은 나와의 대화를 통해 길을 찾아가는 기록입니다. 필요한 질문을 던지고 솔직하게 답하다 보면 내가 어디로 가고 싶은지, 어떤 사람이 되려 하는지, 무엇을 하고 싶은지 알아낼 수 있어요. 남들에게 차마 말하지 못하거나 누가 대신 답을 내려줄 수 없는 문제들로 막막할 때, 기록을 통해 스스로와 대화해보면 좋은 방향을 찾아가는 데 큰 도움이 됩니다. 내가 어떻게 하고 싶고 어디로 가고 싶은지는 결국 자신만이 알고 있으니까요.

✦ 좋아하는 것들

저는 시간 날 때마다 좋아하는 것들을 틈틈이 적어둔답니다. 좋아하는 사람부터 단어, 물건, 색깔, 상황 등 다양하게 모아보고 있어요. 내가 뭘 좋아하는지 많이 알아두면 스스로 행복을 찾아내는 사람이 될 수 있어요. 내 공간을 좋아하는 것들로 가득 채우고, 기분 좋은 순간들을 찾아다닐 수 있으니까요.

가끔은 문장으로 조금 더 자세하게 적어보기도 해요. 이렇게 적어둔 문장들은 작업할 때 큰 영감이 되어줍니다. 무엇을 주제로 다룰지, 어떻게 개성을 더해보면 좋을지, 나는 어떤 가치를 만들어낼 수 있을지 고민하게 될 때 이런 기록들이 이정표와 같은 역할을 해주거든요.

중심이 단단하고.
그래서 사람들이 함부로 대하지
못하지만, 곁에 다가와서 따뜻한
에너지를 얻고 쉽게 얻도록,
밝고 단단한 사람.

내가 계속 중요하게 생각해오던 단어들.

(위로) (취향) (솔직함) (기록) (공유)
(질문) (나) (개성) (디테일) (새로움)

＊
좋아하는 것들.

(햇살) (초록) (부드러운것) (여유) (도전+성공)
(말 안해도 생각이 통하는 짜릿한 순간)
(알록달록한데 조화로운게)
(대충한 것같은데 완성도 높게) =감각.
(기록해) (나만의기준포인트) (베이지) (웃음)
(계획세우기) (앤틱) (빈티지) (내맘대로하기)

① 한 페이지를 채우는 것

② 의식의 흐름대로,
   비뚤하게 쓴 글씨들이지만
   묘하게 정돈되어 보이도록
   배치하고 정리하는 것

③ 가벼운 텍스처들과,
   우겨주는 반짝이들

④ 따뜻하고 부드러운 색감.
   싱그럽거나, 강렬한.

⑤ 만든 사람의 성격이 고스란히
   느껴지는 창작물(+ 뭉해한)

⑥ 누군가에게 새로운 의미가
   되는 이야기.

✦ 열망하는 것들

하고 싶은 일은 언제나 많지만, 동시에 모든 일을 다 할 수는 없습니다. 머리가 복잡해질 때는 일단 하고 싶은 일을 모두 노트에 적어봅니다. 그리고 그중에서 가장 하고 싶은 일, 바로 실행할 수 있는 일, 그리고 조금 더 미룰 수 있는 일을 차근차근 파악해서 우선순위를 정해보고 있어요.

가끔은 하고 싶은 '일'을 적는 대신, 앞으로 어떤 '삶'을 살고 싶은지 적어보기도 합니다. 내가 어떤 삶을 살고 싶어 하는지 파악하면 그런 삶을 살기 위해 어떤 노력을 해야 하는지도 자연스럽게 알 수 있거든요.

◆ 나를 갈고 닦는 법

더 매력적이고 경쟁력 있는 작가가 되기 위해, 주기적으로 저에게 어떤 재능이 있는지도 기록해보고 있어요. 남들보다 돋보이는 부분을 날카롭게 다듬으면 나만의 강력한 무기로 쓸 수 있거든요. 이런 기록은 마인드맵 형식으로 남기면 함께 묶었을 때 시너지가 되는 특징을 발견할 수도 있어요. 또한, '성장'이라는 키워드에도 관심이 많은데요. 성장하기 위해서는 나의 강점을 찾아 예리하게 갈고 닦는 것도 중요하지만, 부족한 점을 찾아 잘 채워 넣는 것도 중요하다고 생각해요. 그래서 종종 내가 잘하는 것은 무엇이고, 어떤 스킬을 더 키우면 레벨업을 할 수 있을지 스스로 탐구해보고 있답니다.

[내가 잘하는 것 · 장점]

- 스토리텔링
- 그동안 쌓아온 정체성
  = 같은 방향의 이야기를 하면.
    진정성이 제공!
- 캐릭터) 스타일 가변성 무한.
           다양한 연령대에게 인기.
           포즈 다양성. 표정 다양성.
- 예쁜옷 입히기.
- 신뢰가 쌓인 채널 Ⓐ
  + 성장중인 채널 Ⓑ

[더 공부해야할 것]

- 디자인
  - 커뮤니케이션을 위안
    편집 디자인
    ex. 상세페이지. 제안서.
  - 브랜드 이미지 확립을 위안
    이미지 디자인
    ex. 3D, 레이아웃.
  - 컬러 조합 능력.
- 제작
  - 업체 선정. → (발품!)
  - 금액 합리성으로 조정.
  - 생품과 어떻 이미지 일치시키.
- 돈 굴리기.

- 멋진 기업들에게서 러브콜 받고 콜라보 하면서 승승장구하고 돈과 명예를 얻는 삶.

- 여러 권의 책을 내고 베스트셀러에도 올라 토크쇼나 페스티벌, 강연 나가고 다른 사람들에게 좋은 영향을 주는 삶.

- 자신 만의 멋진 공간 (가게)를 갖고 브랜드를 운영하는 삶. 물건을 제작하고 판매하면서 사람들의 삶에 스며드는 삶.

= 내가 할 수 있고 잘 할 수 있는 일들과 별개로, 크게 이 세가지 삶을 모두 갖고 누리고 싶어하는 나.

무엇을 그저 동경의 삶으로 놔둬야 할지 정해야 하는 것 같기도 해버서.

할 수 있는 걸 하면 저쪽의 어딘가 비슷한 걸로 랜덤하게 갈 수 있지 않을까 하는 생각도 들어.

왜에 조금 더 집중.

← 저런 삶이 제일 멋져 보이나봐.

(사람들에게 긍정적인 영향을 주고.)   (누구나 부러워할 멋진 커리어)

어떤 삶을 살고 싶어 하는지 파악하기 위한 기록

나에게 어떤 재능이 있는지 알아보기 위한 기록

✦ 왜 부러울까?

저는 주기적으로 부러운 사람들이 바뀌는데요. 이 기록을 남겼을 때쯤에는 매일 규칙적으로 할 일이 주어지고, 그걸 꼬박꼬박 해내는 사람들의 삶이 부러웠던 것 같아요. 왜 그런 삶이 부러운지 잘 생각해 보니, 제가 스스로 새로운 목표를 설정하는 것에 부담을 느끼고 있더라고요. 그냥 누군가 목표를 정해주면 그걸 로봇처럼 해내고 싶은 심정이었던 것 같아요. 이렇게 부러운 마음이 들 때, '왜 그런 걸까?'라는 질문을 계속 던지며 파고들다 보면 내 스트레스의 원인을 찾아낼 수 있어요. 일단 문제가 무엇인지 파악하면 시간은 조금 걸리더라도 언젠가 반드시 해결할 수 있답니다.

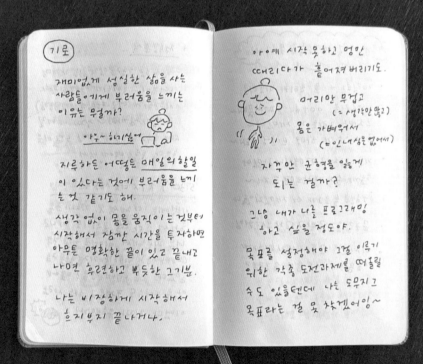

✦ 단단한 삶이란

저는 지금 '단단라이프'라는 작은 굿즈 브랜드를 운영하고 있는데요. 아무래도 이름이 '단단라이프'다 보니, 단단한 삶이란 무엇일지 계속 고민하게 되더라고요. 한동안은 단단한 삶이 늘 노력하고 성장하는, '갓생'에 가까운 느낌이라고 생각했는데요. 어느 날 문득 단단한 삶은 오히려 평범하고 잔잔한 삶이 아닐까 하는 마음이 들어서, 그때의 생각을 정리해 기록으로 남겨보았습니다. 그리고 제 경험을 바탕으로 단단한 삶을 만들 수 있는 방법을 좀 더 깊이 고민해봤어요. '어떻게 하면 더 단단한 삶을 만들어갈 수 있을까?'라는 질문에서 출발해 생각을 정리해본 다음, 굿즈 아이디어와도 연관 지어봤답니다.

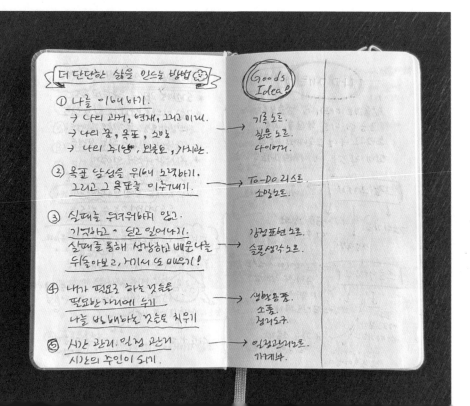

(단단한 삶)은. 하루하루를
견뎌내듯 사는 게 아니라
그냥 사는 것인 것 같아.
특별히 막 들뜨고 신나는
일은 없더라도 무너질듯
우울하지도 않게. 그냥
덤덤히 아침에 눈을 뜨고
작은 기대감을 갖고 하루를 열고,
맛있는 걸 먹고 (속이 더부룩하지
않은), 삶을 유지하기 위해 해야
할 일을 하고, 간간히 좋아하는
사람들과 일상 얘기를 하며 시간도
보내고, 에너지가 충전되는 소소한
취미를 즐기고, 한 가지 쯤은 칭찬할
일을 떠올려 "잘했다. 이만하면
잘 살았다—" 하며 하루를 마무리
하는 삶. ——→ 쉽다고는 안했다.

맑은 눈의 좋은 재질

132

질문하는 기록

질문하는 기록은 내가 관심 있어 하는 주제부터 시작해보면 쉽습니다. 누구나 한 번쯤은 해봤을 '돈'에 대한 질문에서 출발해볼까요? 아래 질문에 솔직하게 답해보며, 내 가치관과 생각을 정리해보세요. 내 마음과 성격을 잘 파악해두면 필요한 때에 나에게 딱 맞는 선택을 할 수 있게 될 거예요.

✔ 원하는 걸 다 할 수 있을 만큼 돈이 많다면 누구와, 무엇을 하고 싶나요?

✔ 한 달에 얼마를 벌면 가장 만족스러울까요?

✔ 억만금을 줘도 하기 싫은 일이 있나요?

정리하는 기록

'정리하는 기록'은 길잡이 같은 기록입니다. 크고 작은 목표를 설정한 뒤 선택의 이유를 잘 정리해두면, 나중에 길을 잃고 헤맬 때 다시 방향을 잡는 데 도움이 됩니다. 언제 다시 봐도 잘 읽히도록, 깔끔히 정리된 느낌으로 기록해두면 좋습니다.

가끔 눈앞의 일들을 해결하는 데 너무 집중하다 보면 '어라, 내가 왜 이러고 있지?'라는 생각이 들 때가 있습니다. 처음엔 뚜렷한 목표와 이유가 있었던 것 같은데, 정신없이 달리다 보니 어느 순간 방향 감각을 잃고 다른 길로 새게 된 거죠. 그럴 때면 노트를 펼쳐서 지난 기록들을 돌아보곤 합니다. 한 장 한 장 넘기다 보면 유독 깔끔한 글씨로 보기 좋게 정리되어 있는 페이지가 눈에 띄는데요. 과거의 제가 남겨둔 목표와 계획, 즉 '정리하는 기록'입니다.

저는 앞서 소개한 '질문하는 기록'을 통해 가고 싶은 방향을 파악한 다음, 목표를 세우고 그걸 이루기 위한 계획을 두세 페이지 정도로 정리합니다. 그리고 내가 맞는 길로 잘 가고 있는 건지 확신이 서지 않을 때마다 예전에 정리해두었던 내용을 다시 펼쳐봅니다. 처음 정했던 목적지가 어디였고 어떻게 가려고 했는지 잊어버리지 않도록 자주 확인해주면, 길을 잃지 않고 원하는 방향으로 자신 있게 나아갈 수 있습니다.

저는 새로운 결정을 할 때 일단 계획부터 자세하게 세워보아야 자신감이 붙는 편입니다. 이건 유튜브를 시작한 뒤 채널 콘셉트를 변경해보려고 했을 때 남긴 기록이에요. 브이로그, 강의, 드로잉 콘텐츠가 중구난방 뒤섞여 있는 채널을 '기록 유튜브'로 합치기 위해 계획을 세워보았죠. 어떤 콘텐츠에 어떤 자막을 달아볼지도 정하고, 시기별로 타깃을 확장할 계획까지 세워봤어요. 정리하는 기록은 이렇게 보고서를 작성하듯이 순서를 나눠서 자세하게 적어보면 좋습니다. 색깔 펜을

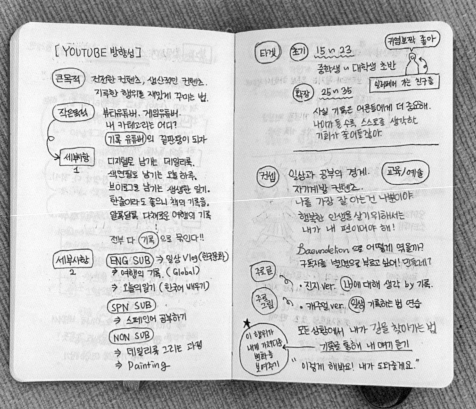

활용해서 중요한 내용을 강조하면 더 보기 좋게 정리할 수 있습니다.

인스타그램 팔로워가 10만 명을 넘은 이후로 저의 가장 큰 고민은 '무슨 이야기를 해야 할까'였습니다. 보는 사람이 많아졌으니 나의 이야기를 속속들이 다 할 수는 없는데, 그래도 솔직하게 이야기하는 건 멈추고 싶지 않았거든요. 스스로를 검열하지 않고 자신 있게 표현할 수 있는 주제가 무엇일지 오래 고민한 끝에 운동, 패션, 생각이라는 세 가지 키워드로 정리해봤습니다. 왜 그 키워드를 선택했고, 어떻게 풀어나갈지까지 자세히 정리해둔 덕분에 1년 정도는 주제에 대해 크게 고민하지 않고 깊이 있는 콘텐츠로 피드를 탄탄하게 채울 수 있었어요.

더이상 일상 얘기. 뭔가는 NO.

왜냐면 이미 너무 채널로서의 역할이 커서, 내 행동 하나하나가 타인에게 미치는 영향력이 크다. 그러다보니 일상의 행동을 검열하게 되는데, 내 일상적인 행동, 소비, 신구는 평가의 대상이 되어선 안되기 때문에 영향력을 뽐내는 방향으로. 나의 가치관을 담아 정밀하게 표현할 필요가 있다.

그러면 무슨 이야기를 하느냐.

글. 그림을 담아 꼼꼼히 (기획) 된 시리즈물.
① 정기 : 운동론 (주1~2회)
② 비정기 1 (Main) : 패션론
③ 비정기 2 (#Sub) : 고민론/생각론.

#① 몸 → '나'라는 사상의. 바꿀수 없는 정체성, 신체. 내 몸(+피모)를 인정하고 이해하고. 뽐내는 방향으로 활용하여 발전시키는 과정. → 신규 팔로워 유입.

#② 패션 → 이렇게 하면 기분이 조크든요. 좋아하는 옷을 입는 것만으로도 자신감, 행복도가 수직 상승. 가장 쉬운 개성표현 방법. 취향을 발견해가는 방법 소개.
→ 브랜드 소개, 애용하는 상품 소개. 옷 고르는 기준. 효율적인 코디 방법.

*팁. 숨기 싫어서. 그걸 예쁘게
→ 광고 볼 여지多. 시너지多.
→ 팔로워 UP!!

#③ 고민/생각 → 나 라는 사람의 가치관을 솔직하게 표현하는 것. 우울과 약점까지도. 장점을 당당하게 인정하기. = 아, 저런 얘기도 해도 되는구나. 하니까 ~가 좋구나.
A. 과거 : 내 지금 행동, 생명의 이해
B. 현재 : 고민 위주. 나의 판단 기준. 꼬물꼬물.
C. 미래 : 앞으로의 목표. 꿈꾸는 삶. 하고 싶은일. 안들고 싶은 것.

노트 한 권을 다 쓰고 나면 그중에서 오래 기억하고 싶은 내용을 추려낸 다음 새로 꺼낸 노트의 첫 페이지에 정리해서 기록해둡니다. 정리하는 방식은 내용에 따라 매번 달라지는데, 열여섯 번째 노트에서는 키워드 형식으로 정리해봤어요. 이전 노트를 처음부터 읽어보며 중요한 키워드들을 찾아내서 새 노트에 순서대로 적어본 다음, 비슷한 주제끼리 묶어보았습니다. '나'에 대한 내용은 A, '브랜드'에 관한 내용은 B, '채널(인스타그램)'에 관한 내용은 C로 카테고리를 나눈 다음, 뒷장에 추가로 생각난 것들을 덧붙여 기록해봤어요.

기록 스타일은 정리하려는 내용의 성격에 따라 달라집니다. 언제 다시 봐도 내용이 잘 이해되고 보기에 어려움이 없도록 하기 위해 해시태그(#), 화살표, 동그라미 기호를 자주 활용하고 있고, 필요하다면 그림도 그려 넣습니다. 중요한 내용에는 테두리를 둘러주거나 밑줄을 그어서 강조하기도 하고요.

저는 보통 떠오르는 생각을 바로바로 솔직하게 남기기 위해서 보이는 모습에는 신경 쓰지 않고 빠르게 기록하는 편이지만, 정리하는 기록을 남길 때만큼은 글씨도 반듯하게 쓰고 열도 잘 맞춰가며 깔끔하게 적고 있어요. 이건 애초에 미래의 나에게 보여주는 게 목적인 기록이기 때문입니다. 처음의 계획과 마음가짐이 어땠었는지 여러 번 반복해서 읽으면 확신을 갖고 목표한 대로 나아가는 데 큰 도움이 되거든요. 한번 페이지를 예쁘게 구성해두면 보기에도 편하고 계속 읽어보고 싶은 마음이 들기 때문에 더 효과가 좋습니다.

지난 노트 Review

keywords

브랜드 메이킹 B

단단 → 슬로건. 만들고 싶은 굿즈 B

욕망하는 삶 A

단단한 삶의 조건
  - 내가 성장했다고 느끼는 순간. B

New유튜브 / 프콘 C

단단한 라이프스타일 A, B   # 다이어리

멘토형 인플루언서 A

브랜드 페르소나 B   # 캐릭터
                              커머스
컬러점북 마케팅 C →

라이선스계약, OEM. B

→ A ④ 다른의 삶, 목표, 가치관

→ B (단단) 브랜드 방향성.
         "   정체성.
         "   아이디어.

→ C (오늘의다운) 일. 개인프로젝트.
              부스트 업 아이디어.
              채널 관리.

A. ④

욕망하는 삶. 역망하는 삶.
· 목표도 크게크게 세운다
  → 깨어진 조각도 크다!
· 돈도 많이 벌고 싶음.
  → 돈으로 기회를 살 수 있다.
    : 경험도 쌓고. 취향도 찾고.
      행복한 시간도 갖고,
      시간도 효율적으로 쓰고...
      베풀수도 있고,
      누군가를 구할 수도 있다.
· 말하는 대로 이루어지리라.
· 나 혼자 가지면 욕심이지만
  나누면 그 힘이 커진다.

잊지 말 것!
· 내가 즐겁고 행복해야 해.
· 새로운 일에 도전하며
  내가 속한 분야의 파이 늘리기.

No more 완벽주의
· 나는 절대절대!
  모든 걸 완벽하게 세팅해두고
  시작할 수 있는 타입이 아니다.
· 밑그림만 가지고 일단 출발.
· 사람들의 반응과 응원을 연료삼아
  점점 발전시키고 구체화시키기.
· 그 과정을 공유하는 것도
  본능적으로 즐기는 것 같다.
· 레퍼런스, 자료들을 수집하는 건
  좋지만 그걸 따라해야 한다는
                    잖아
  생각은 버리기.
· 나는 나만의 스타일을 만들어간다.
· 시행착오 또한 나의 일부!

B. (브랜드)

ㅇ내가 아몰스킨 노트를 쓰면서
느끼고 얻는 것들을 종합하여
더 보기.편한 방식으로 조합한
다은 MADE 버전의 기록노트.

- 전기자전거 같은 느낌
  : 페달 조금만 밟아도
  앞으로 슝슝~

- 소장 가치가 있고
- 수집하는 재미가 있고
- 다른 사람과 결과를 공유하고
- 시너지를 주고받는.
  ex) 챌린지.

☆ 페르소나
  : 꾸준히 / 내 이야기를 / 재밌게 /
  기록하고 싶은데 / 자신 없는 / 사람들.

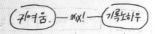

귀여움.	— 싸X! —	기록모하우

기록(아날로그)문화   귀여운기 갈안는
제작 전문가들은 꿈   사람은 기운을 0인
너무 차분/진지   예쁜 쓰레기 (ㅠㅠ)
                               안 만드는 경우도 有

인민, 흘씨, 그리고 다니

→ 의지. 실행력.
  적극성이 강한
  자아
  다니의 자아

→ 소심, 비교.
  자신감이 없는
  자아.

자아의 충돌.협력 — 성장 과정.

C. (오늘의다은)

채널 운영 구조.

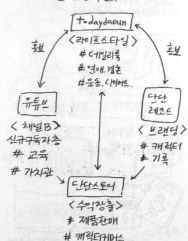

todaydaeun
〈라이프스타일〉
#데일리룩
#연애.결혼
#운동.다이어트

홍보 →   ← 홍보

유튜브
〈채널B〉
신규구독자층
교육
가치관

단단
레코드
〈브랜딩〉
캐릭터
기록

단단스토어
〈수익창출〉
제품판매
캐릭터커머스

상반기 계획.

- project
- 1~3월 알라딘마켓.
  캐릭터커머스 가능성 테스트
  임점 문영잡기 필수 (업무시간고정)

- 오늘의다은
- 패션 협찬.데일리룩 컨텐츠로
  팔로워 적당히 상승.유지.

- 월 1회 위너 폴리 (고정수익)

- 신규주제 : 연애툰

- 단단레코드

- 개인 일기 공유
  → '기록' 수집 계정 컨셉 유지
  → 브랜딩 과정 공유

- 인민, 흘씨 스토리도 제작.
  → 캐릭터 컨셉 구체화

◆ ◆ ◆

'질문하는 기록'이 나와의 대화를 통해 앞으로 어디로 가고 싶은지 알아내는 기록이었다면, '정리하는 기록'은 내가 원하는 방향으로 똑바로 나아갈 수 있도록 돕는 길잡이 같은 기록이에요. **질문하는 기록과 정리하는 기록, 이 두 가지를 적극적으로 연결해 활용한다면 여러분 모두 이루고 싶은 목표에 한 발짝 가까워질 수 있을 거예요.**

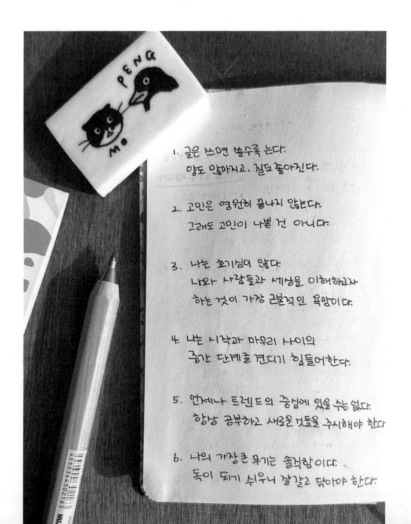

1. 글은 쓰면 쓸수록 는다.
   양도 많아지고, 질도 좋아진다.

2. 고민은 영원히 끝나지 않는다.
   그래도 고민이 나쁜 건 아니다.

3. 나는 호기심이 많다.
   나와 사람들과 세상을 이해하고자
   하는 것이 가장 근본적인 욕망이다.

4. 나는 시작과 마무리 사이의
   중간 단계를 견디기 힘들어한다.

5. 언제나 트렌드의 중심에 있을 수는 없다.
   항상 공부하고 새로운 것들을 주시해야 한다.

6. 나의 가장 큰 무기는 솔직함이다.
   독이 되기 쉬우니 잘 갈고 닦아야 한다.

✦ 목표 기록하기

《결국 해내는 사람들의 원칙》이라는 책을 읽고 영감을 받아 목표 노트를 작성해봤어요. 이루어질 가능성에 대해서는 깊이 생각하지 않고, 그냥 떠오르는 것들을 모두 자유롭게 적어보는 게 포인트예요. 적어본 것들을 쭉 읽어보니 저는 음악, 특히 연주 욕심이 있고 의외로 활동적인 액티비티에도 관심이 많다는 게 보여서 신기했어요. 리스트로 적어보니 내 안에 어떤 욕망이 숨어 있는지 확인할 수 있더라고요.

📖 결국 해내는 사람들의 원칙
(액션 피츠, 바바라 피츠)읽고.

목록 만들기 해보자! 목표노트.

- 벽돌건물에 가게 열기. ★
- 베스트셀러 책 쓰기
- 동화책 출판하기
- 더현대에 팝업스토어 열기
- 5-6곡 들어있는 앨범 내기
- 연예인 친구 만들기.
- 일본어 마스터하기
- 스페인어로 프리토킹 하기

- 탭댄스 배우기.
- 스카이다이빙 해보기
- 퀴카 만나기
- PIXAR 본사(?)가보기.
- 퍼스트클래스 타보기. ★
- 드럼으로 좋아하는 곡 연주.
- 어려운 피아노 곡 치기
  - 겨울 바람...?
- 해금 연주.
- 인라인 스케이트 타고 질주.
- 서핑
- 원화 작업으로 전시.

이렇게 커리어와 관련해 이루고 싶은 일들만 따로 정리해본 적도 있어요. 이중에 실제로 해낼 수 있는 일은 몇 개 되지 않을 수 있지만, 내가 원하는 게 무엇인지 눈으로 선명하게 확인한다는 것만으로도 의미가 있다고 생각해요. 일단 마음속에 목표를 품고 있으면 자연스럽게 그 방향으로 걷게 될 것이고, 그럼 나도 모르는 새 목표에 훌쩍 가까워져 있을지도 몰라요.

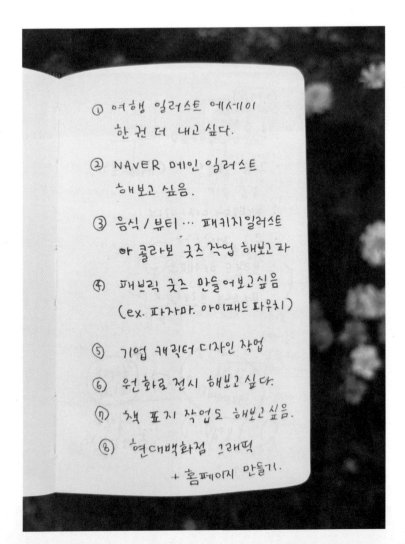

① 여행 일러스트 에세이
  한 권 더 내고 싶다.

② NAVER 메인 일러스트
  해보고 싶음.

③ 음식 / 뷰티 … 패키지일러스트
  아 콜라보 굿즈 작업 해보고파

④ 패브릭 굿즈 만들어보고싶음
  (ex. 파자마. 아이패드 파우치)

⑤ 기업 캐릭터 디자인 작업

⑥ 원화로 전시 해보고 싶다.

⑦ 책 표지 작업도 해보고싶음.

⑧ 현대백화점 그래픽
  + 홈페이지 만들기.

✦ 계획 정리하기

　주기적으로 앞으로의 계획을 세워보기도 하는데요. 쏟아내는 기록을 통해 복잡한 마음을 정리하고, 질문하는 기록을 통해 내가 하고 싶은 일들에 대한 단서를 얻었으니, 그걸 토대로 어디로 어떻게 나아갈지 정해보는 거죠. 저는 계정 성장을 위한 콘텐츠 제작 계획이나 스토어 운영 계획, 새로운 수익 모델에 도전하기 위한 계획 등을 세워보고 있습니다. 개인적인 목표도 잊지 않고 적어주고요. 계획은 보통 3개월 주기로 업데이트해요. 그럴듯한 방향을 정했다 싶다가도 정신 차려보면 어느새 계획과는 완전히 다르게 흘러갈 때가 많거든요. 그땐 다시 과정을 반복하면서 계획을 새로 세워보고 있답니다.

✦ TODAYDAEUN
· 소소한 행복·일상툰 → with 남편
· 습관·루틴·건강·성장툰
· 광고툰 월 2회 → with BOOK

✦ DANDANLIFE
· 다은의 슬기로운 기록생활
· 단단즈의 얼렁뚱땅 단단비결.
· 굿즈 제작과정 공유·완성 홍보

✦ DANDANSTORE
· 단단즈 활용 스티커 (LIGHT!)
· 월 1회 3일간 스토어 오픈
· 다이어리 기획
　↳ AMUTUN
　↳ KEYWORD DIARY
　↳ SÉJULE

✦ PIPELINE
· 네이버 OGQ마켓 스티커
· 카카오 이모티콘
· (출간) '나를 위한 기록' 준비.
　↳ 이후 WORKSHOP 연계.

✦ FOR MYSELF
· 시각교정술 CLEAR!
· 일본어 공부
· BOOKBINDING 클래스 수료
· 수영 배우기
· 불면증 타파! 건강한 루틴.
· DIET. 청바지를 다시 입자.

SSAP 가냥.

✦ 미래의 나에게

번아웃이 와서 힘들어하던 어느 날, 지난 노트들을 쭉 읽어보며 최근에 어떤 일들을 했는지 정리해본 적이 있어요. 그런데 '미친 거 아냐?'라는 소리가 나올 정도로 일을 무식하게 많이 했더라고요. 일하는 중에는 너무 바빠서 내가 뭘 하고 있는지, 끝냈는지 돌아볼 겨를조차 없었던 거죠. 잘 쉬면서 새로운 영감을 채우는 시간이 거의 없었던 터라, 창작은커녕 육신의 에너지까지 바닥나는 게 당연하겠더라고요.

충격을 받은 저는 이렇게 미래의 나에게 보내는 메시지를 적어두었어요. 휘리릭 넘기다가도 눈에 띌 수 있도록 캐릭터까지 큼지막하게 그려줬죠. 이후에도 마음이 힘들어서 지난 기록들을 다시 펼쳐보곤 했을 때, 이 페이지를 발견하고 피식 웃은 적이 몇 번 있답니다.

기록을 하다가 중간중간 나에게 보내는 메시지를 남겨두면 나중에 볼 때 굉장히 재밌답니다. 기억하고 싶은 목표나 잊지 말아야 할 마음이 있다면 편지를 쓰듯 기록해보세요. 나와 닮은 캐릭터를 그려서 마치 내가 말하는 것처럼 그려두면 나중에 봤을 때 더 와닿는답니다. (이번 챕터 마지막 페이지에서 알려주는 몇 가지 팁을 참고해 간단한 그림도 덧붙여보세요!)

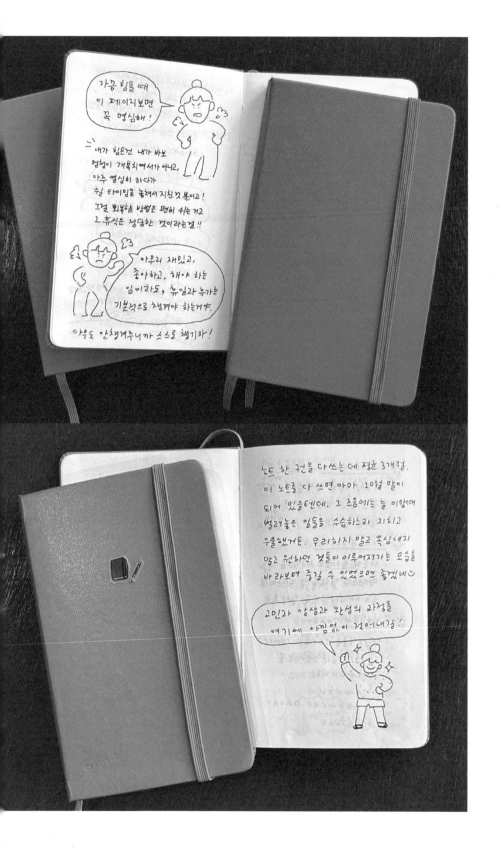

✦ 다짐하는 마음

가끔은 스스로에게 하고 싶은 말을 줄글로 적기도 합니다. 다짐하는 마음을 담아 한 글자 한 글자 꾹꾹 눌러 적다 보면 문장들을 오래오래 선명하게 기억할 수 있어요. 결심이 흐트러질 때마다 이 페이지로 돌아와서 다시 마음을 다잡을 수도 있습니다.

✦ 내가 바라는 삶

여러분은 '좌우명'이 있나요? 좌우명의 정확한 뜻은 '늘 옆에 갖추어두고 가르침으로 삼는 말이나 문구'라고 하는데요. 저는 제가 바라는 삶의 모습을 좌우명처럼 여기며 노트 곳곳에 적어두곤 합니다. 어떤 삶을 꿈꾸는지, 어떤 사람이 되고 싶은지, 그리고 그렇게 되기 위해서 나는 무엇을 해야 할지 반듯한 글씨로 적어두면 내가 가고자 하는 방향을 잊지 않을 수 있어요. 잠시 길을 잃었을 때에도 이 기록을 펼치면 언제든 다시 앞으로 잘 나아갈 수 있답니다.

정리하는 기록

가볍게 나의 목표를 적어보는 것부터 시작해볼까요? 자꾸 꺼내보고 싶은 마음이 들도록, 최대한 깔끔하게 적는 연습을 하면 좋을 것 같아요. 다음 챕터의 '보기 좋게 다듬기(196쪽)'를 참고하면 더 도움이 될 거예요.

- ✔ 이번 달에 꼭 끝내고 싶은 일은 무엇인가요?
- ✔ 이루어지지 않을 확률이 높지만, 그래도 도전해보고 싶은 것이 있나요?
- ✔ 올해의 목표를 다섯 가지 적어볼까요?

시그니처 캐릭터 만들기

저는 기록을 할 때 이렇게 곳곳에 저를 닮은 캐릭터를 그려 넣기도 합니다. 마치 내가 직접 말하는 것처럼 보여서 내 감정이나 생각을 더 생생하게 남길 수 있거든요. 여러분도 이렇게 캐릭터를 만들어서 페이지를 꾸미는 데 활용해보세요. 잘 그리지 못해도 괜찮아요. 내 감정을 진솔하게 표현할 수 있다면 충분합니다. 캐릭터를 그리는 저만의 몇 가지 팁을 공유해볼게요.

나만의 캐릭터 그리기

나를 닮은 캐릭터를 만들려면 먼저 내 외모의 특징을 파악해야 해요. 나의 얼굴형, 헤어스타일, 눈, 입 등이 어떤 모양인지 관찰해보세요. 점, 짙은 눈썹 같은 개성 포인트를 더하거나 모자, 안경 등 자주 착용하는 액세서리 같은 요소를 더하면 더 독특한 캐릭터를 만들 수 있습니다. 사람 형태로 그리는 게 귀찮다면 동물 얼굴형을 활용해봐도 좋아요.

특징 살리기

다음 예시 캐릭터에서 어떤 특징을 살렸는지 하나씩 확인해보세요!

- 둥근 얼굴형, 큰 귀
- 반듯한 앞머리, 똥머리
- 동글동글한 눈과 입

- 뾰족한 턱
- 삐쭉빼쭉한 눈과 입
- 매일 쓰는 안경

- 각진 얼굴형, 뾰족한 귀
- 처진 눈꼬리, 웃는 입
- 짙은 눈썹, 매일 쓰는 비니

- 닮은 동물: 토끼
- 앞머리와 땋은 양 갈래 머리
- 반짝반짝한 눈, 토끼 앞니

표정 더하기

캐릭터의 기본 얼굴을 구상했다면, 이렇게 다양한 표정을 더해서 감정을 담아
볼 수 있습니다. 표정을 어떻게 그릴지 막막할 땐 핸드폰을 켜서 각종 '이모지'들을
찾아보세요. 원하는 감정의 이모지 디자인을 참고하면 좀 더 쉽게 표정을 그릴 수 있
답니다.

노트 기록에 활용하기

저는 이렇게 간단한 표정과 포즈를 더해 캐릭터를 그리고, 말풍선 안에 제 생각을 담는 방식으로 자주 활용하고 있어요. 글만 적었을 때보다 훨씬 생동감이 느껴지고 내용도 더 와닿지 않나요? 나를 닮은 캐릭터를 만들어내는 데 성공했다면 여기저기 알차게 활용해보세요!

오늘의 기록

시그니처 캐릭터 그려보기

앞서 소개한 방법을 참고해 시그니처 캐릭터를 만들어보세요. 여기에 직접 그려봐도 좋고, 나만의 노트가 있다면 노트에 그려봐도 좋습니다.

Chapter 3
기록의 방법

이런 방법 어때요?

기록 종류	이런 사람에게 추천해요	이 기록의 장점
하루 기록법	오늘 하루를 차분하게 정리해 보고 싶은 사람	있었던 일을 자세하게 기억할 수 있어요.
세 줄 기록법	매일 꾸준히 일기를 써보고 싶은 사람	짧은 시간 안에 일기를 완성할 수 있어요.
독서 기록법	글씨 쓰는 것과 책 읽는 것을 좋아하는 사람	나에게 의미 있는 문장들을 오래 간직할 수 있어요.
할 일 기록법	나만의 루틴을 만들고 성실하게 살고 싶은 사람	미루던 일을 해치우고 알찬 하루를 보낼 수 있어요.
관찰 기록법	호기심이 많고 상상력이 풍부한 사람	가장 쉽고, 즐겁고, 귀여운 기록이에요.

여기까지 읽었다면 아마 지금쯤 기록을 위한 영감과 에너지가 어느 정도 충전됐을 거예요. 이 기세를 몰아서 직접 노트에 멋진 기록을 채워보도록 할까요?

이번 챕터에서는 꾸준한 기록을 실천해볼 수 있도록, 다양한 기록 방법을 알려드릴 텐데요. 먼저 다섯 가지의 기록 방법을 소개해볼게요. 이 중에 가장 마음에 들거나 자신 있는 주제 하나를 골라 꾸준히 지속해봐도 좋고, 다양한 기록법을 하나씩 시도해보며 나에게 맞는 방법을 천천히 찾아봐도 좋겠습니다. 기록법마다 어떤 사람에게 도움이 되고, 어떤 장점이 있는지도 간단히 정리해두었으니 선택할 때 참고해보세요!

✦ 하루 기록법

본격적으로 기록을 시작해보려고 새 노트를 준비했지만, 막상 빈 종이를 보니 아무 생각도 떠오르지 않고 막막하기만 하다면 일기 쓰기부터 시작해보면 좋습니다. 일기가 가장 쉬운 이유는, 대단한 상상력을 발휘하거나 긴 글을 쓸 필요 없이 그냥 있었던 일을 사실 그대로 적기만 하면 되기 때문이에요.

7시에 일어나 출근해서 일 조금 하다가 회사 사람들과 점심을 먹었다. 다시 오후 업무를 보다가 퇴근해서 씻고, 핸드폰 조금 보다가 12시에 잠들었다.

그런데 만약 일기를 이렇게 심플하게 쓰고 있었다면, 방법을 조금 바꿔볼 필요가 있습니다. 이런 식이라면 일주일 동안 매일 일기를 써도 모든 내용이 똑같아서 의미가 없어질 테니까요. '정말로 특별한 일이 없었는데 어쩌죠?'라고 말하는 분들을 위해, 어제와 다를 게 없어 보이는 평범한 하루 속에서도 특별한 일을 발견하는 비결을 알려드릴게요.

바로 '물음표 살인마'처럼 스스로에게 질문 폭격을 해보는 거예요. **아침부터 저녁까지 나에게 있었던 일과 오늘의 기분, 흥미로운 사건 등등 전부 다 알아내야 직성이 풀리겠다는 듯이 정말 세세하게 질문을 던져보세요.**

　질문을 가득 적어놓고 보니 약간 무서울 지경이네요. 이렇게 많은 질문에 다 답을 하려면 너무 피곤하겠죠. **마음에 드는 질문만 쏙쏙 골라서 한 줄씩 적어주면 디테일이 가득한 재밌는 일기를 완성할 수 있습니다.** 혹시 한 줄로 적기에는 아쉬운 내용이 있다면 마음껏 길게 적으셔도 됩니다. 잔뜩 적고 싶은 내용이 있다면, 그게 바로 오늘의 재밌는 일기 주제랍니다.

✦ 세 줄 기록법

꾸준히 기록하는 습관을 들이기 위한 방법으로는 '매일 일기 쓰기'를 가장 추천합니다. 오늘 하루 있었던 일을 기록하기 위해 노트를 펼치고 글자를 적는 일에 익숙해지면, 자연스럽게 다른 기록법도 이것저것 활용해보고 싶은 마음이 생길 거예요. 일단 일주일 정도 매일 쓰는 것을 목표로 잡고, 30일이나 100일 등으로 점차 목표를 늘려가면 좋습니다.

그런데 저도 경험해봐서 알지만, 매일 일기를 쓴다는 게 정말 쉬운 일이 아니에요. 졸리고, 피곤하고, 귀찮고, 특별한 사건도 없었고…. 이런저런 핑곗거리가 너무 많죠. 이럴 땐 차마 핑계를 대고 안 하기도 민망할 정도로 쉬운 목표를 설정하면 됩니다. **제가 추천하는 건 '세 줄 기록법'이에요. 더도 말고 덜도 말고, 하루에 기억에 남는 일 딱 세 줄만 기록하는 거죠.** 아무리 오래 걸려도 10분이면 될 거예요. 자기 전 핸드폰 하는 시간을 살짝만 떼어서 일기 쓰는 데 투자하면 됩니다.

오늘 기억에 남는 일 세 가지 정도는 자기 전 양치하는 동안에도 떠올릴 수 있어요. 자투리 시간을 활용해서 하루를 빠르게 되짚어보고 일기장에 옮겨 적으면 됩니다. 아참, 매일 일기 쓰기 챌린지를 할 때는 메모 앱 대신 일기장을 따로 마련해서 적는 것을 추천해요. 기록들이 채워지는 모습을 보며 느껴지는 뿌듯함이 내일도 일기를 쓸 원동력이 되어주거든요.

막상 세 줄씩 기록해보면 생각보다 너무 거뜬해서 네 줄, 다섯 줄씩 더 적게 될 때도 있는데요. 기록하고 싶은 게 많은 날 더 기록하는 것은 자유이지만, 세 줄씩 쓰는 게 쉬워졌다고 목표를 네 줄 기록으로 늘리는 것은 추천하지 않습니다. 딱 세 줄만 쓰면 된다고 생각하면 '그래, 이 정도쯤이야' 하며 부담 없이 시작할 수 있지만, 열 줄을 써야 한다고 생각하면? 벌써부터 머리가 아프고 하기 싫어집니다.

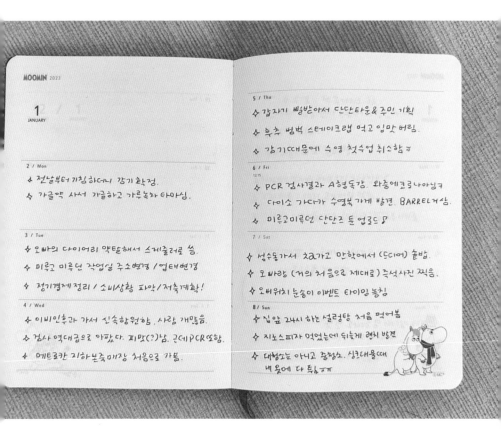

세 줄 기록의 핵심은 '쉬운 기록'입니다. 너무 쉽고 간단해서 아무리 피곤한 날에도 해낼 수 있는 일인 것이죠. 10분 정도만 투자해서 딱 세 줄만 기록하면 목표를 달성했다는 쾌감도 생기고, 오늘 하루를 기억할 수도 있으니 더할 나위 없이 가성비가 좋습니다. 긴 줄글로 적을 필요 없이 세 줄씩만 적으면 깔끔해서 보기에도 좋아요. 매일 쓰기에 도전해보고 싶었던 분이라면, 꼭 세 줄 기록법을 활용해보세요.

✦ 독서 기록법

가끔 일이 너무 바쁠 때는 취미 생활도 거르고, 밥도 직접 해 먹는 대신 배달 음식으로 대충 챙겨 먹게 됩니다. 이렇게 스스로를 잘 돌보지 않고 일만 하는 날들이 쌓이면 번아웃이 찾아오곤 해요. 한번 번아웃 상태가 되면 무기력한 기분이 지속되므로 다시 힘내서 뭔가를 하는 게 쉽지 않습니다. 이럴 때 전 억지로 기운을 내서 일을 하려고 노력하는 대신, 책 한 권과 노트를 챙겨 집 근처의 카페로 나갑니다.

좋아하는 음료를 한 잔 시켜두고 편한 마음으로 책을 읽기 시작합니다. 그리고 연필이나 형광펜으로 마음에 드는 문장이나 중요해 보이는 단어에 표시해가며 읽습니다. 점점 집중력이 흐려지면서 글자가 눈에 잘 들어오지 않게 되면 그때는 책을 덮고 노트를 펼칩니다. 그다음 아까 표시해둔 문장들을 노트에 옮겨 적습니다. 마음에 드는 문장들만 필사해서 다시 볼 수 있게 모아두는 건데요. 이렇게 마음에 드는 문장만 필사해서 모아두면, 나중에 책을 전부 다시 읽지 않아도 내가 중요하게 생각하는 내용만 요약해서 볼 수 있어 좋답니다.

저는 필사할 때 한 페이지를 전부 채우는 대신, 주변에 여백을 조금 남겨두어요. 그리고 문장을 옮겨 적다가 슬슬 손이 아파진다 싶으면 비워뒀던 여백에 제 생각을 적어봅니다. 굳이 표시하고 필사까지 한 문장이라면, 분명 특별히 인상 깊었던 이유가 있을 거예요. 그 포인트가 무엇인지 찾아내 코멘트처럼 적어보는 겁니다.

오른쪽 사진은 〈매거진B〉의 몰스킨 편에 실린 인터뷰 글을 읽고 남긴 독서 기록인데요. 먼저 인터뷰 내용 중에 인상 깊었던 문장들을 필사한 다음, 주변 여백에 제 의견을 혼잣말처럼 적어봤어요. 문장을 읽고 새롭게 떠오른 아이디어를 적기도 하고, 공감하는 점, 더 생각해보면 좋을 점, 반성할 점 등을 적어봤습니다.

열심히 글자를 쓰는 것만으로도 약간 활력이 돕니다. 예열이 되는 느낌이랄까요? 책에서 얻은 영감으로 다시 창작을 해볼 힘을 얻을 수도 있고요. **그냥 눈으로만 훑으면서 읽으면 작가의 의견을 듣는 정도에 그치겠지만, 읽고 나서 기록으로 남기면 내용을 온전히 나의 것으로 흡수할 수 있게 됩니다.** 책을 읽으면서 마음에 들었던 문장들을 수집해보고, 나의 시선을 덧붙여서 기록으로 남겨보세요. 이 책을 읽으면서 바로 적용해보는 것도 좋겠네요!

오늘의 팁

독서 기록 단계별 요약

1단계. 마음에 드는 문장에 표시해보며 나에게 필요한 '엑기스' 내용들만 추려냅니다.
2단계. 필사를 하며 문장을 다시 한번 잘 읽어보고, 왜 이 문장이 마음에 들었는지 생각해봅니다.
3단계. 나의 의견과 생각을 적어보고 내 삶에 적용해볼 수 있는 포인트를 찾아내봅니다.

< 만화가 〈너영만〉 인터뷰 中. >

- 재미있는 얘기가 보이면 그걸 종이에
보이는 종이에 적어서 메모 상자어
넣어 둬요. 그러곤 잊고 살다가 작업할
때 아이디어가 꽉 막히면 메모
상자에 담긴 메모지를 책상에 쏟고
한강 안정 읽는 거예요. 그렇게
읽다 보면 메모지를 다 읽기도 전에
아이디어가 떠올라요.

- 아이디어를 얻기 위해 밖에 나가라고
하는 분들도 있는데. 저 같은 사람에게
밖으로 나가는 건 사치예요. 나갔다
돌아오면 마음을 시키지 못해 일거들
있거든요. 그러느니 이 자리에서
버텨야하는 648. 책상 앞에서
아무 볼게 안쓴 더 자주이 생각을
끄집어나는 거죠. 그럼 때 메모
상자를 열 거예요.

역시... 거장을 다르다가 난 어제나 봐있하면
일본 나가고 뭔 새로운 명상을 수업안정된
이거저러 정사되는의 그저 그냥 끝임이 꽃없을
끝래라였던것 같은거! 엄든 자리에서 최대한
아이디어를 짜내는 것은 인데야 있을듯!

• 이장욱, 호립박물관 큐레이터
- 몽스카 노트에 걸은 기록 감상이
가깝습니다. 언제쯤, 어느 페이지에
어떤 문장을 썼다는 장상으로 영원이
어린속에 있요.

- 이렇게 쌓인 기록의 감상 어린속
에서 '운동없는 문장'을 이룩비 5(어
정제된 언어가 S(니다.

• 실비 버바르. Sylvie Bétard)
라 프랑크 타피차기 프랜서스 이력감
★신타경 무조 브랜드

- 지금 우리에게 평범한 죽은 운구도
디자적바라도 거대한 모음에
맞서개보다는 그걸 '보안'일 수
있는 운구라고 생각합니다.

- 그런 운구는 일들이 내는 것이어야않도
디자럭 사번의 디자이너에게
주거진 기산이나 생각봐나다.

↓
'디자인이 주는 역할없는 Care)
보음오 갔게 만들거어렬 준있는.
이손오오고 운즈 일봐 봐 가치나
멀지네 잘 생각해보소.

→ 진지하 않는
대축 기논 케이스니
실 외하기 기록이
안, 나눔시, 방언
써서 생겨는 지역이
나서 메션 거론
기상우 있고서
시녀가 축육어서
그 운동갑게 되면
재번업어 제 단어에
언지 문년 안을우
인기있다.

→ 디자인이
아울로그로
(대써) 알수도
었어.
영어가 인기나
앙사 족언이
시나지도안
어니자비...

낱장의 메모가 ←
들어 있는
〈메모상자〉!
아이디어가 잘
안나. 나는 이걸
해결할 모름좋을
대로 꺼내 넣이
나와서 멧어
봐야에서 변기고
것은에. 이빠이
쪼죠 5(2. 남가
으로 쓰기 편이 메모
상자에도 넣을수
있는 것을 모르고
있는거 같은 것
같다.

✦ 할 일 기록법

프리랜서로 일하면 아침에 일어나는 게 정말 쉽지 않습니다. 출근을 늦게 하거나 아예 안 해버려도 구박하는 사람이 없기 때문에 자꾸만 침대에서 뭉그적거리며 게으름을 피우게 돼요. 그래서 비몽사몽인 상태로라도 일단 자리에 앉은 다음, 플래너를 펴서 오늘의 할 일을 쭉 적어봅니다. 침대에 누워 있었을 때는 일하기 싫은 마음에 막연히 할 일이 별로 없다고 생각했지만, 막상 적어보면 할 일이 꽤 많아요. 시간을 계산해보니 지금부터 바로 부지런히 움직여야 목표한 일을 다 해낼 수 있을 것 같습니다. 체크 박스에 표시를 하나라도 더 남기고 싶어서 마음이 급해집니다. 얼른 차가운 커피를 사 온 다음 바로 업무 모드에 돌입합니다.

할 일을 순서대로 하나씩 해치우며 체크 박스에 완료 표시를 하다 보면 어느새 하루가 다 끝나 있습니다. 보통 계획한 걸 전부 다 해내지는 못하기 때문에 빈 체크 박스가 한두 개는 남아 있는데요. 끝내지 못한 일들을 보며 자책하는 대신 내일 더 잘하기 위한 코멘트를 남겨보고 있습니다. 게으름을 피우느라 못한 거라면 더 열심히 해야 한다고 스스로를 채찍질하고, 노력은 했지만 끝내지 못한 거라면 되도록 칭찬을 해줍니다. 컨디션이 안 좋았지만 그래도 텐션을 끌어올리려고 노력했다, 하기 싫은 일이 있었지만 꾹 참고 끝까지 잘 해냈다, 이런 식으로 말이죠.

(상단: 손글씨 다이어리 기록)

JAN. 3. TUESDAY
- 단단리외프 - 토끼툰
- 네이버 OGQ제안
- 잉기스티커 컬선
- 민들레 마테 디자인
- <카지오> 수정 스케치

OGQ 마켓은 왜... 인증
메일을 보내주지 않는걸까?
오늘 일은 <더굴그래> 보면서
했다 :)

JAN. 4. WEDNESDAY
- 네이버 OGQ 스티커 제안
- 노션 포트폴리오 업데이트
- 아벨리노 콘티 (글)
- 단단툰 - 1월이니까!
- 다은툰 - 다이어리악들!
- <카지오> 채색

스티커 작업 자꾸 밀리네...
메일은 꼭 드로잉 까지라도
아직자꾸?! 단단툰도 ㄱㄱ

JAN. 5. THURSDAY
- 아벨리노 콘티 전달
- 단단툰 - 1월이니까!
- 행송 캐릭터 구상.
- 손글씨 스티커 디자인.
- OGQ스티커 - 블로거인민

캐릭터 구상 딴짓이지만
너무 게임에서 열중함. 내일
스티커 파일 정리 ㄱㄱ.

JAN. 6. FRIDAY
- OGQ 스티커 제안
- 기록책 원고 겸 다시잡기
- 단단타운 기획

파운
스티커 정리에
생각보다
시간 오래
걸림. 책작업
제발 그만 미뤄.

JAN. 9. MONDAY
- META 메일 답변
- 운동장 오류 수정
- 못된 고양이! TOON
- 스티커 2종 주문
- 물 스킨노트 리뷰
- 단단툰 script 작성
기침있던 일 털어나왔다!
스티커 이제 기다리기만
하면 됨.

JAN. 10. TUESDAY
- 카지노 메일 답변
- 수영 첫날툰
- 아벨리노 스케치
- 단단툰 - 타운설립!
- 기록책 - chp. 3

수영하니까 너무 힘들어
서 체격 바뀌낫... 조금
늘 어겠다 ㅠㅠ

JAN. 15. SUNDAY
- 일상툰 업로드
- 단단툰 script 1-2
- 올리브네이 콘티
- 부가세 자료 정리
- 신규 스티커 뒷대지

잔잔바리 일은 하나도 못했
지만 어려웠던 콘티 작업은
그래도 해치웠다!

JAN. 16. MONDAY
- 자유수영
- 신규스티커 뒷대지
- 단단NEW 업로드
- 부가세 자료정리
- 책비정리

수영 왜 자꾸 안감!
체크가 늘어야 오래 잔
영 할수 있음.

이렇게 매일의 할 일을 기록하면 '해야 하는 일'과 '하고 싶은 일' 사이의 균형을 맞추는 데도 도움이 됩니다. 저는 일상툰 연재를 꾸준히 하고 있지만, 사실 그 자체로는 수입이 생기지 않아서 따로 기업의 의뢰를 받아 광고툰을 그리거나 일러스트 작업을 하고 있는데요. 예

전에는 일이 많으면 당연히 좋은 거라고 생각했지만, 돈을 버는 데만 집중해 개인 작업을 소홀히 하고 새로운 시도도 하지 않으면 결국 성장할 수 없게 되더라고요.

그래서 저는 일정을 적을 때 '돈을 벌기 위해 꼭 해야 하는 일', '나의 성장에 필요한 일', '내가 하고 싶은 재밌는 일', 이렇게 세 가지가 균형 있게 분배되었는지 체크해요. 노는 일정까지 아예 플래너에 적는 것도 추천합니다. 이렇게 하면 당장 해야 할 일을 하느라 오늘의 행복을 미루지 않아도 되거든요. 행복하기 위해서 일도 하고 돈도 버는 건데, 정신을 똑바로 차리지 않으면 주객이 전도되어 버릴 수 있으니까요.

반대로 해야 할 일이 있는데 자꾸 미루게 된다면 플래너에 오늘의 할 일을 기록하고 눈으로 확인해보세요. 하루에 해낼 수 있는 만큼의 '적당한 목표'를 적고, 차분히 할 일들을 클리어하다 보면 시간의 주도권을 쥔 사람이 된 것 같아 으쓱해지기도 합니다. 계획한 걸 다 지키지 못했다고 해도 낙심하지 마세요. 최선을 다하고 있는지 확인하고, 내일 더 잘할 방법을 궁리해보는 것만으로도 충분합니다.

✦ 관찰 기록법

　꼭 오늘 있었던 일을 순서대로 기록하는 것만이 일기는 아닙니다. 매일의 기록을 남기고 싶은데 하루 동안 있었던 일을 복기하는 것조차 귀찮은 분들께는 '관찰 기록'을 추천합니다. 먼저 내가 딱히 노력하지 않아도 매일 달라지는 대상을 찾아야 해요. '오늘의 ○○' 안에 들어갈 단어를 찾는다고 생각하면 쉽습니다.

　저 같은 경우에는 관찰 대상을 '데일리룩'으로 정해봤답니다. 스티브 잡스처럼 확고한 취향이 있거나 매일 유니폼을 입는 직업을 가진

사람이 아닌 이상 옷은 매일 갈아입으니까요. 오늘은 어떤 옷을 입었는지, 그 옷에는 어떤 사연이 있는지, 착용감은 어떤지, 왜 이런 조합으로 입었는지 등등 설명을 적기만 하면 금방 그럴싸한 기록 한 장을 완성할 수 있었어요. 굳이 소재를 찾아내려 애쓸 필요 없이 특징을 관찰해서 그대로 옮겨 적기만 하면 되니까 스트레스를 받을 일도 없었고요. 기록이 꾸준히 쌓이면 취향의 변화도 보이고 계절의 흐름도 느껴져서 재밌답니다.

아무래도 데일리룩은 그림으로 남겨야 더 재밌기 때문에, 그림에 흥미가 없다면 오늘 먹은 음식을 '관찰 기록'의 대상으로 삼아도 좋습니다. '오늘의 메뉴' 정도의 느낌이 되겠네요. 저는 절대로 점심에 먹은 걸 저녁에 또 먹지 않아서, 하루에도 두 개 이상의 음식 기록을 남길 수 있을 것 같은데요. 다른 분들도 보통 매 끼니 다르게 챙겨 드실 테니, 아마 질리지 않고 다양한 기록을 남길 수 있을 거예요. 맛집 탐방을 좋아하시는 분들께는 더할 나위 없이 좋은 주제가 되겠네요.

꼭 '매일' 바뀌는 대상이어야 할 필요는 없어요. 부담 없이 기록할 수 있고, 기록하면서 즐거운 기분이 드는 소재라면 뭐든 괜찮습니다. 빵을 좋아해서 자주 사 먹는다면 '오늘의 빵', 출근길에 매일 노래를 듣는다면 '오늘의 노래', 덕질을 매일 열심히 한다면 '오늘의 최애' 같은 느낌으로도 기록해볼 수 있겠네요. 주제만 잘 찾으면 그다음부터는 어려울 게 하나도 없으니 꼭 한번 도전해보길 바랍니다.

* 오늘의 ○○○.

오늘의 잘한 일. 오늘의 행복. 오늘의 귀여움.
오늘의 불행. 오늘의 노래. 오늘의 슬픔.
오늘의 취향. 오늘의 발견. 오늘의 게으름
오늘의 옷. 오늘의 양말. 오늘의 문장. 오늘의 기억.
오늘의 날씨. 오늘의 음식. 오늘의 음료. 오늘의 욕망.
오늘의 후회. 오늘의 자책. 오늘의 부러움.
오늘의 간질간질. 오늘의 꿈. 오늘의 디테일.
오늘의 수집. 오늘의 색깔. 오늘의 다구. 오늘의 책.
오늘의 고양이. 오늘의 산책. 오늘의 공부.
오늘의 소비. 오늘의 명상. 오늘의 실수.
오늘의 나. 오늘의 깨달음. 오늘의 여행.
오늘의 장소. 오늘의 짐. 오늘의 브랜드.

잘 떠오르지 않는다면 이 중에서 골라보세요!

이런 소재 어때요?

기록 종류	이런 사람에게 추천해요	이 기록의 장점
처음 기록법	반복되는 삶에서 새로움을 찾고 싶은 사람	나중에 봤을 때 정말 신기하고 재밌는 기록이에요.
소비 기록법	나만의 확고한 취향이 있는 사람	돈을 많이 썼더라도 죄책감을 덜 수 있어요.
반짝임 기록법	사소한 것들에서 행복을 발견할 줄 아는 사람	지쳤을 때 이 기록을 보면 다시 힘을 낼 수 있어요.
짜증 기록법	삶에 치여서 긍정 에너지가 바닥난 사람	스트레스를 건강하게 해소할 수 있어요.
성장 기록법	자신감이 부족하고 쉽게 포기하는 사람	목표를 향해 끈기 있게 나아갈 수 있어요.
취향 기록법	내가 뭘 좋아하는지 알아내고 싶은 사람	일상을 좋아하는 것들로 채워나갈 수 있어요.

여기서는 어떤 걸 기록해볼지 여섯 가지의 기록 소재를 소개해볼 게요. 마찬가지로 이 중에 가장 마음에 들거나 자신 있는 주제 하나를 골라 꾸준히 지속해봐도 좋고, 다양한 기록법을 하나씩 시도해보며 나에게 맞는 방법을 천천히 찾아봐도 좋습니다. 기록법마다 어떤 사람에게 도움이 되고, 어떤 장점이 있는지도 간단히 정리해두었으니 선택할 때 참고해보세요.

✦ 처음 기록법

여러분은 '처음'의 순간을 얼마나 기억하시나요? 저는 초등학교 때 처음 혼자 버스를 탔던 기억, 처음 교복을 입고 중학교에 등교했던 날의 기억, 대학에 합격하고 처음 술집에 가서 소주를 마셨던 날의 기억, 태어나 처음으로 아르바이트를 할 때 가게에서 포스기 사용법을 배웠던 기억, 처음 내가 번 돈으로 백만 원이 넘는 명품 가방을 사던 기억 정도가 어렴풋이 떠오르네요.

어렸을 때는 모든 게 다 처음 경험해보는 일들이라 새롭고 신났었지만, 시간이 흘러 이미 경험해본 것들이 점점 더 많아질수록 자연스레 설렘도 줄어드는 것 같아요. 그래서 이제는 흔치 않은 '처음'의 순간을 발견할 때마다 반가운 마음에 놓치지 않고 기록해두고 있답니다.

최근에는 취미 운동으로 스쿼시를 치기 시작했는데, 첫날의 힘들었던 후기도 노트에 기록해봤습니다. 언젠가 고수의 경지에 오른다면 어설펐던 이날의 기록을 보며 귀엽다고 느끼게 되겠죠? 분명히 그럴 것 같습니다.

저는 사실 새로운 일을 해보기 전에 굉장히 겁을 내는 편이에요. 처음부터 잘하고 싶은데 처음이라 잘하지 못할 게 뻔하니까 시작부터 스트레스를 받는 거죠. 그런데 다들 경험해봐서 알다시피 막상 해보면 별일 아닌 것들이 많잖아요? **처음의 두려움을 딛고 과감하게 도전한 경험을 자주 기록해두면, 도전을 겁내지 않는 사람이 될 수 있다고 생각해요.**

예전에 여행기를 책으로 출간해보고 싶은 마음에 뒷일은 크게 생각하지 않고 크라우드 펀딩으로 독립 출판을 진행한 적이 있는데요. 그림을 그리는 건 계속 해오던 일이라 힘들긴 해도 크게 어렵진 않았는데, 그 외에는 전부 처음 해보는 일들이라 막막한 게 한둘이 아니었어요. 인쇄소를 알아보고, 굿즈 제작을 맡기고, 택배를 계약하고, 꼼꼼하게 포장하는 일까지 하나하나 다 처음 경험해보는 것들이었죠.

책 제작 상담을 받은 내용이 적힌 페이지, 괜찮은 굿즈 제작 업체를 모아서 비교해둔 페이지, 택배 배송 관련 연락처를 잔뜩 적어둔 페이지들을 보고 있으면 서툴지만 더듬더듬 길을 찾아갔던 그때의 모습이 그려집니다.

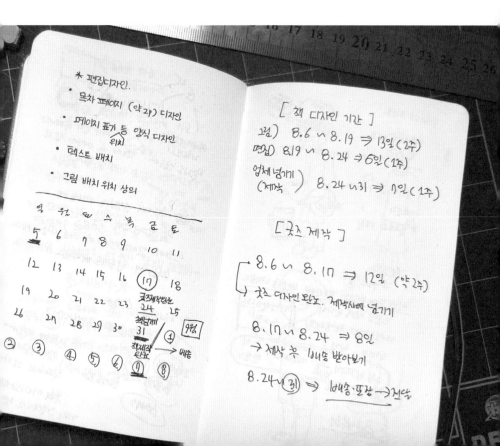

당시에는 세상에서 제일 무섭고 어려운 일들이었지만, 지금은 어렵지 않게 해낼 수 있는 건 처음의 막막함을 열심히 견뎌낸 덕분이겠죠. 애썼던 흔적들을 잘 남겨두면 나중에 다른 일도 이렇게 용감하게 헤쳐 나갈 용기가 생깁니다.

처음이라 설레는 마음, 처음이라 궁금한 마음, 처음이라 두려운 마음들을 전부 놓치지 말고 기록해보세요. 두 번 세 번 더 경험하게 되면 금방 익숙해지고 무뎌져서 처음의 느낌을 잘 기억할 수 없게 됩니다. 그러니 딱 한 번뿐인 처음의 기억이 흐려지기 전에 생생하게 기록해두는 것이 좋습니다. 서툰 모습까지도 솔직하게 기록해두면, 시간이 지난 뒤 다시 봤을 때 나의 처음이 어땠는지 확인할 수 있는 아주 귀중한 기록이 될 거예요.

✦ 소비 기록법

여러분은 혹시 가계부를 쓰시나요? 저는 쓰려고 몇 번 시도해본 적은 있는데, 끝도 없는 지출 내역을 정리하다가 자꾸 기분이 나빠져서 쓰다가 덮어버리게 되더라고요. 아무래도 가계부를 쓰는 주된 목적이 '절약'이다 보니, 소비 내역이 많아질수록 뭔가 죄를 짓는 느낌이 들었어요. 이 소비가 나에게 얼마나 큰 가치가 있었는지 좀 더 해명하고 싶은데, 시중에 파는 가계부에는 그런 내용을 적을 만한 칸이 따로 없어서 아쉬웠죠.

그래서 따로 '소비 기록'을 남겨보기로 했어요. 옷 쇼핑, 수업 등록, 공연 예매 등 뭔가를 지르고 난 뒤에 후기를 남겨보는 거죠. **얼마큼의 돈을 썼는지에 초점을 맞추기보다, 내가 그 소비를 통해 어떤 가치를 얻었는지에 집중해서 적어보면 좋아요.** 물건의 어떤 점이 마음에 들어서 샀는지, 수업을 통해 무엇을 배웠는지, 공연이 얼마나 재밌었는지와 같은 내용들을 적어보는 거죠.

사실 소비를 통한 만족감은 보통 그리 오래가지 않습니다. 구매한 물건을 손에 넣은 그 순간에는 잠깐 기분이 좋지만, 조금만 시간이 지나면 짜릿했던 기분은 점점 사그라들고 통장에 마이너스 내역만 남게 되죠. 하지만 그 소비가 가치 있었다는 걸 기록으로 잘 남겨두면, 그래도 내가 필요한 곳에 잘 썼구나 싶어서 마음이 편안해집니다. 돈을 썼을 때의 설레던 기분을 오래오래 간직할 수도 있고요.

어떤 소비를 했을 때 가장 만족스러웠는지 잘 기록하고 기억해두면, 우울하거나 지쳤을 때 나를 일으켜 세우는 데에도 도움이 됩니다. 기분이 좋지 않다고 아무 데나 충동적으로 돈을 써버리면, 기분이 나아지기는커녕 낭비했다는 생각에 오히려 더 기분이 나빠지잖아요. 그러니 나를 확실히 행복하게 해주는 소비를 잘 기록해둘 필요가 있습니다. 이천 원짜리 메모지, 삼천 원짜리 붕어빵 등등 적은 돈으로 기분이 좋아졌던 경험부터, 인내심을 갖고 돈을 차곡차곡 모아서 원하던 가방을 샀을 때의 뿌듯한 기분까지, 잘 적어두면 돈으로 행복을 사는 각종 방법을 알게 될 수도 있답니다.

2023. 07. 22

〈엠피스〉후기!

○영화 ○책 ○전시 ○음악 ○장소 ✓뮤지컬

★★★★★

전부터 보고 싶었던 뮤지컬 멤피스! 캐스팅이
확정돼서 기대됐는데 그만큼 캐스팅 조합 골릴 CCH
고민됐었다. 결국 〈고은성·손승연〉조합으로 결정! "

고은성 배우는 〈데스노트〉때 한 번 봤고 손승연 배우는
〈위키드〉때 완전 인상적이었어서 믿고 보는 조합이라고
판단했음! 노래가 다 엄청 흥겨웠는데 뮤지컬 매너(?)
신경쓰느라 들썩들썩 못하는 게 조금 아쉬웠다. (커튼콜 때는
약간 흔들어제꼈다 ···) 흑인과 백인 사이의 차별과 갈등이
주 테마인데 배우들은 모두 한국인이라서나 약간 헷갈리긴
했다. 저사람들 왜 싸우는 거지··· ? 한 순간이 어리둥절 있었음.
그 외에는 노래·무대 다 좋았다!

뮤지컬은 항상 보기 전에는 티켓값이 비싸다는 생각이 드는데
보고 나올 땐 늘 한치의 후회도 없다. 주연 배우들의 열연,
앙상블의 화려한 댄스, 은갖 무대장치와 그걸 다루는 스텝들의
노고를 생각하면 합당한 가격이란 생각이 든다. 여운이
한 달은 가기 때문에 영상 촬영하기에 아주 좋은 소비라고
생각함! 그래도 한 번 보면 지칠 수 이기 때문에···
언젠가 최대 무대를 볼 수 있으면 좋겠다! ㅠㅅㅠ!!

다음엔 유리아·박강현 배우 공연 봐보고 싶다!

✦ 반짝임 기록법

지하철을 타고 한강을 지나가는 순간을 좋아합니다. 땅속에서 갑자기 바깥으로 나갈 때, 빛이 쏟아져 들어오는 그 순간의 화사한 느낌이 참 좋아요. 지친 표정으로 핸드폰만 보고 있던 사람들도 그때만큼은 고개를 들어 한순간 눈을 빛내는데, 그 모습을 보는 것도 재밌고요. 어디선가는 작게 찰칵 소리가 나기도 합니다. 이리 치이고 저리 치이며 고된 하루를 보낸 많은 사람이 그 찰나의 풍경으로 잠깐이나마 위로를 받았겠죠.

무미건조하고 재미없는 일상에서도 아주 가끔 나를 설레게 하는 순간들이 있습니다. 문득 하늘을 봤는데 노을이 너무 예쁠 때, 산책을 나온 귀여운 강아지를 봤을 때, 쓸모없지만 아주 귀여운 장식품을 발견했을 때 같은 순간들 말이에요. **이렇게 흐린 눈이 잠시나마 반짝 빛나고, 심장 박동이 약간 빨라지는 순간이 있다면 놓치지 말고 기록해 보세요.**

찰나의 순간을 생생하게 기억하려면 보통은 사진으로 기록하는 게 효과적입니다. 사진을 찍기 애매한 상황이라면 글로 적어도 괜찮지만, 글이라면 나중에 다시 봤을 때도 그때의 느낌이 생생하게 전해지도록 구체적으로 적어야 해요. 귀여운 강아지를 발견했다면, 강아지의 털 색깔과 걸음걸이가 어땠는지까지 자세히 적는 거죠. 대신 사진으로 찍었다면 한두 줄의 글만 덧붙여도 충분합니다. 나중에 그 사진을 왜 찍었든지 까먹을 수도 있으니 간단하게만 적어두는 거예요. 긴 글보다 훨씬 빠르게 기록할 수 있겠죠. 이런 방식으로 기록할 예정이라면, 사진과 글을 함께 남기기 좋은 블로그나 인스타그램을 활용하는 것을 추천합니다.

해를 거듭할수록 설레는 일들이 점점 줄어드는 게 느껴집니다. 이미 해본 것, 이미 가본 곳, 이미 먹어본 것들 투성이예요. 지금도 이렇게 빠르게 많은 것들에 무뎌지는데, 10년 뒤나 20년 뒤에는 얼마나 더 할까요? 한 살이라도 어릴 때 내 마음을 설레게 하는 것들을 하나라도 더 수집해두어야 할 것 같습니다. **다른 사람은 관심도 없지만 나는 보자마자 눈이 반짝이는 것들을 최대한 많이 찾고 기록해보세요. 그러면 평범한 하루 속에서도 특별함을 발견할 줄 아는 멋진 사람이 될 거예요.**

담벼락에 뜬금없이 놓여 있던 버섯들(왼쪽), 태어나 처음 보는 깜찍한 생김새의 꽃(가운데), 귀여운 붕어빵 모양 젓가락 받침(오른쪽)

✦ 짜증 기록법

가끔 짜증 나는 일들만 가득한 날이 있습니다. 날씨도 찝찝하고, 일은 자꾸 꼬이고, 저 사람은 대체 왜 저러는 건지 이해가 안 되고⋯. 세상의 온갖 불운이 나에게 몰아서 닥치는 것 같은 그런 날이 있죠. 그럴 땐 억지로 긍정적으로 생각하려고 애쓰는 대신, 짜증 났던 그 순간들을 나의 '기록 소재'로 삼아보는 것도 방법입니다.

아끼는 흰 셔츠에 빨간 양념이 튄 일, 지하철에서 사람이 내리기도 전에 밀고 들어오는 매너 없는 사람을 본 일, 어제 새로 산 신발을 처음 신고 나갔는데 비가 억수로 쏟아진 일 같은 걸 다 기록해보는 거죠. **언뜻 생각하면 좋은 일만 기록하고 기억하는 게 더 건강한 방법 같아 보이지만, 사실 이런 내용들을 남겨놔야 나중에 봤을 때 기록이 더 재밌고 다채로워요. 불행이 조금 있어야 행복한 순간들이 더 빛나는 법이니까요.**

저는 그림일기를 남기기 시작한 뒤로, 짜증 나는 일이 생기면 '오, 소재다!'라고 생각하며 반기게 되었어요. 짜증 나는 사람은 내 스토리의 빌런으로 만들어버리면 되고, 각종 불쾌한 경험들은 그저 재밌는 에피소드로 삼아버리면 그만이죠. 이렇게 생각하니까 아무리 짜증 나는 일이 있어도 금방 훌훌 털어버릴 수 있었답니다.

기분이 안 좋을 때 그 마음을 있는 그대로 쭉 적어보는 것은 감정 해소에도 도움이 됩니다. 내 기분을 이렇게까지 나쁘게 한 사람에 대

작은 글씨로 적기(왼쪽), 영어로 적기(가운데), 글씨 겹쳐 쓰기(오른쪽)

한 욕을 잔뜩 적어보거나, 우울한 신세 한탄을 가득 적어보세요. 종이에 다 쏟아붓고 나면 마음이 조금은 편해질 거예요. 상스러운 욕이 적혀 있거나 부정적인 기운이 마구 뿜어져 나오는 페이지를 다시 보는게 싫다면, 나조차 알아보기 힘들게 적는 방법도 있답니다.

✦ 성장 기록법

저는 뭔가를 새로 배우는 걸 좋아하는 편이에요. 전혀 못하던 것들을 아주 조금이라도 할 수 있게 되었을 때, 내 세상이 좀 더 넓어지는 그 느낌이 참 좋거든요. 그래서 그동안 수영과 복싱도 배워보고, 스페인어와 일본어도 공부해봤는데요. 처음에는 모든 게 새롭고 재밌었지만, 심화 과정으로 들어갈수록 점점 흥미를 잃게 되더라고요.

야심 차게 시작했다가 자꾸만 그만두게 된다면, **포기하고 싶은 순간에도 잘 버텨내는 단단한 마음을 기를 수 있도록 '성장 기록'을 남겨보는 것을 추천합니다.** 오늘의 성과를 '일지' 형식으로 기록하는 거예요. '일기'가 아니라 '일지'라고 표현한 이유는 보고서처럼 적는 게 잘 어울리는 기록이기 때문입니다. '수영 일지'로 예를 들어볼게요.

오늘 어떤 걸 새로 배웠는지 적어보고, 잘된 부분이나 마음처럼 되지 않은 부분을 적어보세요. 어떤 부분을 개선하면 좋을지도 추가로 적어보면 더 좋겠죠. 부족한 점들을 솔직하게 많이 적어둘수록 의미 있는 기록이 될 거예요. 한 달쯤 후에 다시 봤을 때 그 문제가 해결되어 있다면, 내가 성장했다는 증거가 되어주니까요.

성장 기록을 꾸준히 남겨두면 '나 지금 잘하고 있는 걸까?'라는 질문에 자신 있게 그렇다고 대답할 수 있게 됩니다. 잘하고자 하는 마음을 갖고 시간을 쏟았다면 느리더라도 반드시 앞으로 나아가기 마련이니까요. 내가 지나온 단계들과 그걸 해내기 위해 고군분투한 과정을 잘 남겨두면, 나의 자존감을 지키는 든든한 울타리가 되어줄 거예요. 포기하고 싶은 순간이 찾아왔을 때, 여태까지 해온 일들이 아까워서라도 조금 더 해보고 싶다는 마음이 들 수도 있고요.

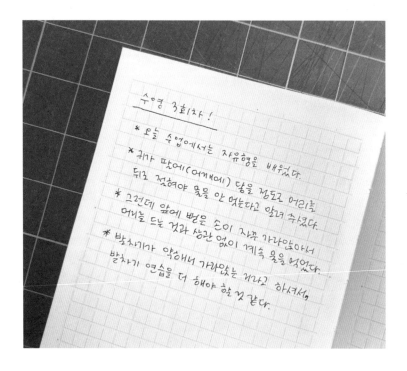

✦ 취향 기록법

　꾸준히 기록하는 습관을 만드는 데는 '매일 쓰기'가 제격이지만, 아무래도 목표가 없으면 매일 자리에 앉아 시간을 투자하는 게 쉽지 않아요. 그래서 팔로워들과 함께 '기록 습관 만들기'에 도전했던 적이 있어요. 100일간 매일 나의 취향에 대한 기록을 남기는 '100Days 취향 일기' 프로젝트를 진행했던 건데요. 내가 무엇을 좋아하고 싫어하는지 게시물을 작성한 다음 #100days취향일기라는 해시태그를 달아 참여하는 방식이었어요. 해시태그를 통해 다른 사람이 남긴 기록도 볼 수 있어서, 함께 힘내어 달려볼 수 있었죠. 100일 완주에 성공하신 분들이 거의 200명이었고, 지금도 #100days취향일기 해시태그에는 무려 2만 개에 가까운 기록이 남아 있답니다.

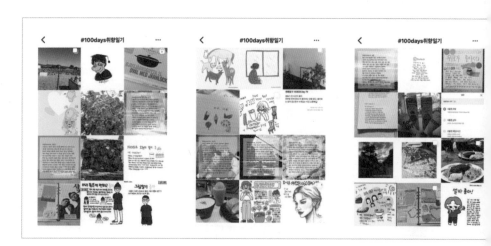

사실 프로젝트를 시작하기 전, 기록 주제를 무엇으로 정할지가 가장 고민이었어요. 그냥 일상을 기록하는 건 너무 평범하고, 주제를 너무 좁혀버리면 많은 사람이 참여하기 힘들 것 같았거든요. 누구나 갖고 있는 이야기, 매일 쉽게 발견할 수 있는 소재, 100개의 기록을 모았을 때 의미가 만들어지는 것, 나를 알아가는 데 도움이 되는 것 등등 이런저런 조건을 다 따져보니 딱 맞는 주제가 하나 있었는데, 그게 바로 '취향'이었어요.

취향이 아예 없는 사람은 없으니까요. 음악, 음식, 사람, 장소, 취미… 다양한 분야로 나눠봐도 사람마다 취향이 다 달라요. 특별히 좋아하는 게 없는 사람이라면, 반대로 어떤 게 싫은지 기록해볼 수도 있고요. 취향을 기록하는 방법은 간단합니다. 먼저 하루 동안 어떤 일이

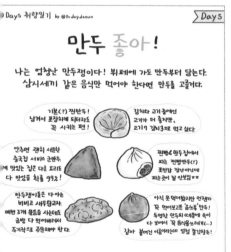

있었는지 되짚어보는 거예요. 날씨는 어땠는지, 뭘 먹었는지, 어떤 옷을 입었는지, 어디에 갔는지, 누구를 만났는지를 쭉 떠올려봅니다. 그리고 그중에서 특별히 좋았거나 싫었던 순간이 있었는지 생각해보면 됩니다. 마지막으로 좋아하거나 싫어하는 이유를 함께 적어보면 취향 기록 하나를 뚝딱 완성할 수 있답니다.

꼭 '좋아'나 '싫어'로 명확하게 호불호를 표현할 필요는 없습니다. 좋은지 싫은지 잘 모르겠는 묘한 감정이 들 때는 그 복잡한 마음을 솔직하게 기록해보는 것도 방법이에요. 그러면 더 재밌는 기록이 나올 수도 있고요.

취향 기록은 나를 더 알아가는 데 도움이 됩니다. 내가 뭘 좋아하는지 알면 울적한 날에 힘을 내는 방법을 알아둘 수 있고, 뭘 싫어하는지 알면 되도록 그것과 거리를 둘 수도 있겠죠. 또 내 외모에서 마음에 드는 부분을 많이 찾아두면 스스로를 좀 더 사랑해줄 수 있고, 내 성격에서 마음에 안 드는 부분을 찾았다면 고치려고 노력해볼 수도 있어요.

내가 뭘 좋아하는지, 혹은 뭘 싫어하는지 잘 모르겠고, 내가 어떤 사람인지도 잘 모르겠다면 이렇게 한 번쯤은 취향 기록을 꾸준히 남겨보세요. 100일 동안 매일 남기는 걸 목표로 달려봐도 좋아요. 100일간의 여정이 끝나고 나면 나에 대한 단서가 100개나 쌓일 테니까요.

오늘의 팁

오늘의다은 #100days취향일기

오른쪽 QR코드를 통해서 오늘의다은 인스타그램에 게재되었던 '100days 취향 일기' 게시물을 확인해보세요! 해시태그 #100days취향일기로 검색하면 참가자들의 게시물도 모두 확인할 수 있습니다.

허들을 넘어봐요

기록 종류	이런 사람에게 추천해요
한 권에 전부 쓰기	노트가 너무 많아서, 막상 기록하려고 마음먹은 순간에는 적절한 노트를 찾지 못하는 사람
끝까지 써보기	처음 몇 페이지만 열심히 쓰다가 결국에는 끝까지 쓰지 못하고 노트를 자꾸 버리는 사람
보기 좋게 다듬기	내 글씨가 보기 싫어서 기록할 때 즐겁지 않고, 남겨둔 기록을 다시 보고 싶은 마음이 잘 들지 않는 사람
틀려도 계속 쓰기	예쁘게 쓰고 싶어서 기록할 때 시간이 오래 걸리고, 글씨를 쓰다가 틀리면 의욕이 확 꺾이는 사람

꾸준히 기록하는 방법을 알고 있어도, 막상 실행에 옮기려고 하면 마음처럼 되지 않는 경우가 많아요. 즐겁게 기록하는 걸 막는 가장 큰 방해 요소가 무엇일지 생각해봤는데요. 아무래도 '노트 욕심'과 '글씨 집착', 이 두 가지인 것 같아요. 그래서 이 두 가지의 큰 허들을 넘을 수

있도록 나름대로 방법을 정리해보았어요. 욕심을 버리고 집착을 내려놓는 게 쉽지는 않겠지만, 일단 이 방법을 따라 꾸준히 기록하는 걸 딱 한 번이라도 성공한다면 그 뒤로는 분명 자신감이 붙고 기록이 즐거워질 거예요.

✦ 한 권에 전부 쓰기

보통 기록 열정이 넘치는 사람들은 노트를 사고 나면 가장 먼저 용도를 정합니다. 이건 일정 관리용, 이건 영감 수집용, 이건 일기장, 이건 여행 기록용, 이건 가계부, 이건 공부 기록용… 하면서 말이죠. 그런데 안타깝게도 처음 몇 장은 의욕적으로 쓰다가 존재조차 잊히는 경우가 많습니다. 사실 저도 이번에 작업실을 정리하면서 안 쓰는 노트들을 전부 처분했는데, 어찌나 많은지 버리러 들고 가는 것도 너무 무거워서 허리가 나갈 뻔했답니다.

노트를 한 권도 끝까지 써본 적이 없다면 **먼저 노트 하나에 필요한 기록을 다 담아보세요.** 반짝이는 영감부터 오늘의 할 일, 업무 미팅 내용, 문득 떠오른 아이디어까지 몽땅 기록해보는 거죠. **일단 모든 내용을 한 권에 담은 다음, 자주 기록하는 내용은 나중에 따로 노트를 분리하면 됩니다.** 이 방법을 추천하는 가장 큰 이유는 미루지 않고 바로바로 기록하는 습관을 만들기 위해서예요.

예전에 노트 두 권을 가지고 여행을 떠난 적이 있었어요. 한 권은 여행의 풍경이나 감상만 적는 여행 노트, 다른 한 권은 평소와 같은 영감 기록용 노트로 쓰려고 챙겨갔었죠. 그런데 뭔가 멋진 생각이 떠올라 급하게 기록하려고 가방을 뒤지면, 손에 노트 두 권이 잡혀 자꾸만 헷갈렸어요. '어떤 노트가 여행용이었더라?' 하고 고민하던 찰나, 뭘 기록하려고 했었는지 순식간에 까먹더라고요. 두 권을 가지고 다니려니 괜히 무겁기만 하고 별 의미가 없는 것 같아서, 그 뒤로는 노트 하나에 모든 것을 기록하고 있어요.

'이 기록은 이 노트에 써야지' 하는 규칙을 너무 엄격하게 정해두지 마세요. 원하는 노트가 손에 빨리 잡히지 않으면 아예 기록을 포기해버릴 수도 있거든요. 노트를 찾는 동안 기록하려던 걸 까먹을 수도 있고요. **먼저 언제나 부담 없이 들고 다닐 수 있는 나만의 애착노트를 마련한 다음, 이 한 권 안에서 다양한 기록 방식을 시도해보길 바랍니다.**

그렇게 노트 하나에 꾸준히 기록하다 보면 '이 기록은 다른 곳에 적는 게 낫겠는데?' 싶은 주제들이 눈에 띌 거예요. 저는 '오늘의 할 일'을 굉장히 자주 기록했었는데요. 노트 페이지를 너무 많이 차지하는 것 같아, 위클리 스케줄러를 따로 사용하기로 했습니다. 또 작업 비용이나 일정 같은 업무 관련 내용도 노트에 전부 기록했었는데요. 진행 상황이 자주 바뀌어 정리하기 어렵고 다른 페이지와도 어울리지 않아, 메모 앱을 통해 따로 기록하고 있습니다.

◆ 끝까지 써보기

한 권의 노트를 다 써갈 즈음이 되면, 곧 새 노트를 쓸 수 있다는 생각에 두근거립니다. 미리 골라둔 새 노트의 비닐을 당장 뜯고 싶은 마음이 굴뚝같지만, 되도록 마지막 페이지까지 알차게 쓰려고 노력하고 있습니다. 그래야 노트 한 권을 '완성'했다는 느낌이 들거든요. 한 권을 완성했다는 느낌이 주는 힘은 생각보다 강력합니다. **포기하지 않고 끝까지 해낸 경험이 단 한 번이라도 있으면, 앞으로 다른 일도 해낼 수 있다는 자신감이 탄탄하게 차오르게 되거든요.**

심리학에 '자기 효능감'이라는 개념이 있습니다. 간단히 설명하자면 '나는 할 수 있어'라고 스스로를 믿는 힘인데요. 이 자기 효능감을 키우기 위해서는 성취 경험, 그러니까 목표한 일을 성공한 경험이 있는지가 중요합니다. 저도 몰스킨 노트를 쓰기 전까지는 이 노트 저 노트 옮겨 다니며 몇 장씩 쓰다가, 수많은 노트를 버리곤 했는데요. 용도를 딱히 정하지 않고 생각나는 모든 기록을 몰스킨 노트 하나에 다 적다 보니, 노트를 끝까지 사용할 수 있었죠. 그 뒤로부터는 다음 노트도 어렵지 않게 다 채울 수 있을 것 같다는 자신감이 생겼습니다.

저는 새 노트를 꺼내면 첫 페이지에는 노트를 쓰기 시작한 날짜를 가장 먼저 적습니다. 그리고 마지막 페이지를 적는 날에는 다시 첫 페이지로 돌아와 끝나는 날짜를 적어주고요. 한 권의 노트를 완성하기까지 보통 3개월 정도 걸리는데요. 지난 석 달간 어떤 일이 있었고,

어떤 생각을 했는지 돌아볼 겸 지난 노트에서 의미 있는 내용을 골라 새 노트의 앞 페이지에 따로 정리해줍니다.

다짐했던 것이나 도전해봤던 것들, 혹은 고민 끝에 나름대로 내린 결론 같은 것들을 요약해서 정리해보는 거예요. 보통 새 노트를 딱 펼치면 새하얀 페이지를 더럽힐 엄두도 안 나고, 뭔가 중요한 내용을 적어야 할 것 같은 부담감이 느껴지기 마련인데요. 이때 지난 노트의 알맹이만 쏙쏙 뽑아 반듯한 글씨로 정리해주면 노트를 펼쳤을 때 예쁜 페이지부터 보여서 기분도 좋고, 내가 중요하게 생각하는 내용들도 오래오래 기억할 수 있어서 좋습니다.

인내심을 가지고 노트 한 권을 끝까지 써본 다음, 후련하고 설레는 마음으로 새 노트를 펼쳐보세요. **보물 같은 기록들이 쌓일 때의 뿌듯함을 한 번 맛보면, 자연스럽게 여러분도 꾸준히 기록하는 사람이 되어 있을 거예요.**

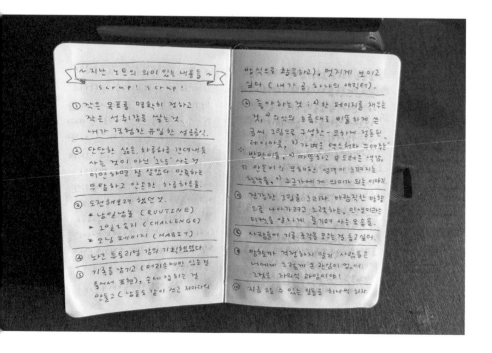

✦ 보기 좋게 다듬기

지금까지는 계속 편한 마음으로 자연스럽게 쓰는 것이 좋다고 강조해왔는데요. '나는 예쁘게 쓰고 싶은데 왜 자꾸 그러지 말라는 거야?' 하고 불만을 표할 수도 있을 것 같아요. 아무래도 꾸미는 데 너무 집중하다 보면 정작 중요한 기억이나 감정 같은 알맹이를 놓칠 수 있어서, 아예 예쁘게 쓰려는 마음을 내려놓고 빠르게 적는 쪽을 택한 건데요. 그렇다고 또 너무 급하게 휘갈기듯 쓰면 시간이 지났을 때 알아보기 힘든 경우가 있습니다. 귀중한 기록인데 무슨 내용인지 이해할 수 없어 써먹지 못하는 건 또 아쉽잖아요?

그래서 저는 기록을 예쁘게 꾸미지는 않지만, 되도록 '보기 좋게' 쓰려고 노력하고 있어요. 예전에는 나만 알아볼 수 있는 암호에 가까운 기록이 많았지만, 요즘은 누가 읽어도 무슨 내용인지 대충은 이해할 수 있을 정도로 쓰고 있답니다. 그렇게 가독성을 신경 쓰며 남긴 기록은 4~5년이 지나도 무슨 내용인지 바로 이해가 되더라고요. 제가 실제로 기록을 보기 좋게 다듬기 위해 활용하는 몇 가지 팁을 소개해볼게요.

1. 정돈되어 보이게 쓰기

글씨를 잘 쓰지 못하더라도, 세 가지 포인트만 신경 쓰면 정돈되어 보인답니다.

① 모든걸 모아두~
언젠가 쓸모 있는 날이온다.

② 모든 걸 모아두라.
언젠가 쓸모있는 날이 온다.

③ 모든걸 모아두~.
언젠가 쓸모있는 날이 온다.

① 문장의 열 맞추기

먼저 문장의 열을 맞춰주세요. 문장의 방향이 아래나 위로 휘어지면 문단끼리 구분하기도 힘들고, 페이지가 전체적으로 어수선해 보입니다. 가급적 글자가 수평으로 쭉 이어지도록 써주는 게 좋습니다.

② 한 글자씩 떨어트려 적기

흘림체로 이어 적기보다, 되도록 한 글자씩 떨어트려서 적어주세요. 이렇게만 적어도 또박또박 정성스럽게 적은 것처럼 보입니다.

③ 작은 글씨로 적어보기

내 글씨가 삐뚤빼뚤해서 보기 싫다면 작은 글씨로 쓰는 것도 방법입니다. 공간이 절약되니 한 페이지에 많은 내용을 기록할 수 있다는 장점도 있답니다.

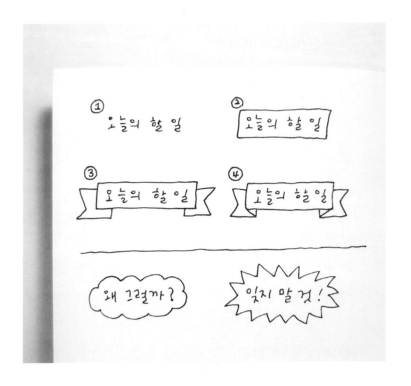

2. 제목 박스 활용하기

'제목 박스'를 활용하면 서로 다른 주제끼리 손쉽게 구분해줄 수 있어요. 제가 자주 사용하는 리본 모양 박스 그리는 방법을 간단히 소개할게요. 이렇게 중요한 내용을 박스로 표시해두면, 나중에도 어떤 내용인지 한눈에 파악되어 필요한 정보를 쏙쏙 찾아내기 좋습니다.

① 먼저 제목이 될 글자를 적어줍니다
② 네모 박스로 글자 주변을 한 바퀴 둘러서 그려줍니다.
③ 양 끝에 리본 꼬리 모양을 그려줍니다.
④ 네모 박스와 리본을 대각선으로 이어주면 끝입니다.

한 페이지에 두 가지 이상 다른 주제의 기록을 담을 때는, 구분선을 쭉 그어서 영역을 나누어주면 훨씬 보기 편합니다.

3. 프레젠테이션처럼 기록하기

평소보다 좀 더 정리된 기록을 남기고 싶다면 워드나 PPT 파일을 만든다고 생각하며 적어보면 좋습니다. 저는 글머리 기호를 자주 활용하고 있어요. 강조하고 싶은 내용에는 별표(*), 소재를 하나씩 나열할 때는 가운뎃점(·), 순서대로 정리할 게 있을 때는 원 번호(①), 키워

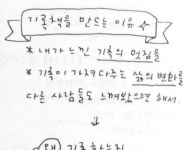

기록책을 만드는 이유 ☆

* 내가 느낀 기록의 멋짐을
* 기록이 가져다주는 삶의 변화를
다른 사람들도 느껴봤으면 해서.

↓

왜 기록하는지
무엇을 기록하는지
어떻게 기록하는지.

+α : 기록의 활용!
(NEXT STEP)

올해 마무리하고 싶은 프로젝트

• 세줄 다이어리
• 런던 여행기 펀딩
• 기록 책 출간
• 단단라이프 홈페이지 오픈
• 페어 참가.

나의 차-밍 포인트!

① 캐릭터 슬슬 디자인
② 얼렁뚱땅 문구 틀 디자인
③ 메세지 전달 (스토리텔링)

드를 하나씩 적을 때는 해시태그(#)를 주로 활용합니다. 각 기호의 용도를 꼭 고정해둘 필요는 없어요. 그때그때 기록 주제에 잘 어울릴 것 같은 기호를 골라서 활용하면 됩니다.

그 밖에 중요한 키워드에는 동그랗게 테두리를 둘러주거나 밑줄을 쳐서 강조해요. 적다 보니 멀리 떨어지게 되었지만, 내용상 서로 연결되는 부분이 보일 때는 선을 그어 연결해주기도 합니다. 추가로 적고 싶은 내용이 더 생겼을 때는 화살표로 끌어와서 빈 여백에 메모하기도 합니다.

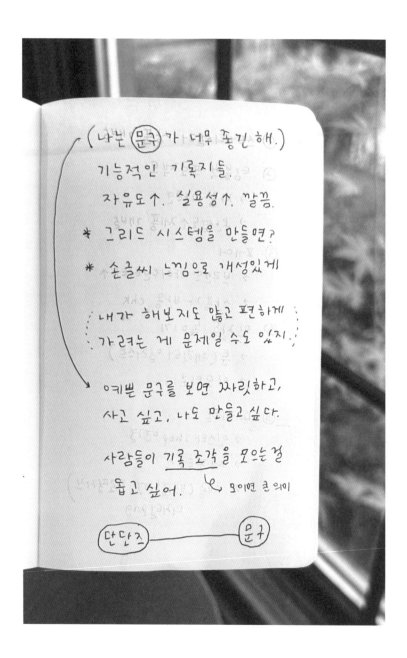

(나쁜 문구가 너무 흔해.)

기능적인 기록지들.

자유도↑. 실용성↑. 깔끔.

* 그리드 시스템을 만들면?

* 손글씨 느낌으로 개성있게

: 내가 해보지도 않고 편하게 :
: 가려는 게 문제일 수도 있지. :

예쁜 문구를 보면 짜릿하고,
사고 싶고, 나도 만들고 싶다.

사람들이 기록 조각을 모으는 걸
돕고 싶어.   모이면 큰 의미

단단즈 ——— 문구

✦ 틀려도 계속 쓰기

얼마 전 인터넷에 떠도는 재밌는 글을 봤어요. 글자를 잘못 쓰면 다이어리 쓰는 걸 아예 포기해버린다는 거예요. 정말 극단적이긴 하지만 은근히 이런 분들이 많을 것 같다는 생각이 드네요. 저도 꽤나 완벽주의 성향이 있어서 작은 실수 하나만으로도 그 페이지가 아예 더럽혀진 기분이 들고 정이 떨어져버리는 마음, 충분히 이해합니다.

예전에 기록하는 방법을 공유하는 워크숍을 진행했는데, 그때도 글씨를 쓰다가 틀리면 어떻게 하냐는 질문을 받은 적이 있어요. 저는 원래 페이지를 예쁘게 쓰는 것에 집착하지 않아, 그냥 편하게 찍찍 그어버린다고 답했는데요. 시간이 지나고 생각해보니 그건 또 너무 극단적으로 쿨한 방법이 아닌가 싶더라고요. 보기 좋게 쓰고 싶은 분들의 마음도 헤아릴 필요가 있겠다는 생각에 그 뒤로 계속 더 나은 방법을 고민해봤습니다.

제 생각엔 '자연스럽게 넘어가기'가 가장 좋은 방법인 것 같아요. 틀린 글자를 숨기거나 가리려고 너무 애쓰지 말고, 그냥 이 내용은 무효! 정도의 표시만 해주고 넘어가는 거죠. 수정 테이프를 사용해서 가리거나 글자를 까맣게 덮어버리면 오히려 그 부분에 더 눈길이 가게 되거든요. 저는 보통 글자 가운데에 간단한 취소선을 한두 줄 긋거나, 엑스 표시를 해요. 가볍게 취소 표시만 해두면 나중에 읽을 때 그 부분을 자연스럽게 생략하고 읽게 된답니다.

평소보다 더 공들여 예쁘게 적고 있던 페이지에서 글자를 하나 삐끗했다면, 안 틀린 것처럼 뻔뻔하게 넘어가는 것도 방법이에요. 특히 획 하나 정도 틀린 경우, 그 순간에는 아주 신경 쓰이지만 페이지를 글자로 가득 채우고 난 뒤에는 거의 티가 안 나거든요. 실제로 제가 이런 식으로 은근슬쩍 넘어간 적이 많아서, 이 책에 넣을 자료를 정리할 때 '기룩'이나 '스트래스'라고 적혀 있는 걸 몇 번 발견하고 혼자 웃기도 했답니다.

되도록 예쁘게 쓰고 싶은 마음은 이해하지만, 글자를 틀렸다는 이유로 다 쓰지도 않은 노트를 포기해버리면 너무 아깝잖아요? **완벽하게 멋진 페이지를 만들겠다는 집착은 잠시 내려놓고, 틀려도 괜찮다는 마음으로 편하게 기록하기로 해요.** 어디 전시하기 위한 게 아니니까요. 내가 보기에 편하고, 내 생각만 잘 담기면 그만입니다.

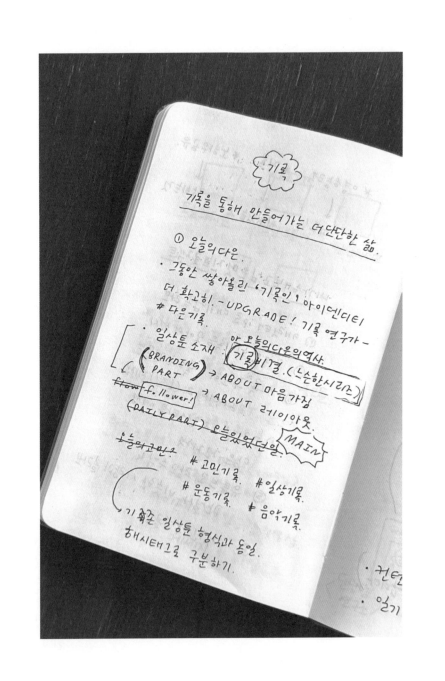

기록

기록을 통해 만들어가는 더단단한 삶.

① 오늘의다온.

• 그동안 쌓아올린 '기록'? 아이덴티티
더 확고히. -UPGRADE! 기록 연구가 -
다온기록.

• 일상툰 소재 : 오늘의다온의역사.
[(BRANDING) → ABOUT 마음가짐   기록비결.(느슨한시리즈)
  PART
  flow follower! → ABOUT 레이아웃.
(DAILY PART) 오늘있었던일. MAIN

오늘의고민? # 고민기록. # 일상기록.
운동기록. # 음악기록.

기존 일상툰 형식과 동일.
해시태그로 구분하기.

• 전원
• 일기

204

기록 환경 갖추기

나만의 기록 공간이 있으면 기록에 더 집중할 수 있습니다. 혼자 쓰는 독립된 방 하나가 있다면 가장 좋겠지만, 책상 한구석이나 집 근처의 카페도 얼마든지 내 기록 공간으로 만들 수 있답니다. 잠시나마 나만의 세계에 빠져들 수 있는 환경이라면 충분해요. 집중할 수 있는 기록 환경을 갖추는 몇 가지 팁을 소개해볼게요.

1. 나만의 기록 공간

가장 먼저 기록만을 위한 공간을 설정해보세요. 책상의 왼쪽 구석과 같은 아주 작은 영역이라도 좋아요. 저는 요즘 집에서 작업을 하고 있는데, 이렇게 6인용 식탁의 끄트머리를 기록 공간으로 활용하고 있어요. 다른 자리에서는 밥도 먹고 유튜브도 보지만, 이 끝자리에서는 기록만 한답니다. 이렇게 공간의 목적을 확실히 정해두면 자리에 앉는 순간부터 바로 기록 모드로 전환되면서 금방 집중할 수 있게 돼요.

눈앞에 이것저것 보이면 집중력이 흐려질 수 있으니 벽이나 책장으로 시야가 막혀 있는 공간을 추천할게요. 조용한 밤에 탁상 스탠드를 켜두고 기록하는 것도 좋아요. 굉장히 집중이 잘 된답니다.

2. 기록 도구 보관함

기록에 필요한 도구들은 항상 손에 잡히는 곳에 두는 것이 좋습니다. 하지만 책상 위에 모든 걸 다 올려두면 공간도 좁아지고 금방 어수선해져요. 그럴 때는 정리를 도와주는 도구들을 적극 활용해보세요. 저는 이케아의 트롤리 제품을 잘 쓰고 있어요. 트롤리는 일종의 이동식 서랍장인데요. 여기에 노트, 펜, 문구류를 다 보관해두고, 당장 필요한 것만 꺼내서 책상으로 옮겨옵니다. 물

건들이 어디에 있는지 한눈에 보이고, 필요 없을 땐 구석으로 밀어두면 되는 점이 마음에 들어요.

오늘의 팁
다이소의 접이식 책꽂이도 추천해요. 책상 위에 두어도 자리를 많이 차지하지 않는답니다.

3. 가방 속 기록 준비물

기록 노트, 검은색 펜 한 자루, 이어폰만 있으면 어디든 나의 기록 공간으로 만들 수 있습니다. 저는 외출할 때 늘 가방에 이 세 가지 준비물을 챙겨요. 그러면 시끄러운 카페 안에서는 물론이고, 지하철을 타고 멀리 이동할 때나 친구를 기다리며 잠깐 벤치에 앉아 있는 동안에도 기록할 수 있어요. 늘 가지고 다니는 기록 세트가 정해져 있으면 자투리 시간도 알차게 활용할 수 있고, 좋은 생각이 떠올랐을 때 놓치지 않고 기록할 수 있답니다.

오늘의 팁
막 쓰는 낙서 노트와 연필, 그리고 책을 추가로 챙기면 더 다양한 기록을 남길 수 있어요. (어깨는 조금 아플 수 있지만요.)

4. 나만의 플레이리스트

저는 기록할 때 늘 음악을 틀어놓습니다. 백색소음처럼 약간의 소리가 깔려야 더 집중이 잘 되는 것 같아요. 그런데 가사가 너무 귀에 쏙쏙 박히면 어느 순간 노래를 따라 부르거나 가사 내용에 정신이 팔리게 되더라고요. 그래서 보통 무슨 말인지 바로 알아듣기 힘든 잔잔한 팝송을 틀어놓거나, 아예 가사가 없는 연주곡을 듣는 편이에요. 특히 'Kings of Convenience'의 곡들을 자주 듣습니다. 곡의 톤이 전체적으로 비슷해서 앨범 전체를 물 흐르듯 편하게 들을 수 있거든요.

기록할 때 틀어두었는데 집중하는 데 굉장히 도움이 되었던 곡을 발견한다면, 차곡차곡 모아서 나만의 플레이리스트를 만들어보세요. 나중에 그 노래들을 들었을 때 곧바로 집중 모드에 돌입할 수 있게 될 거예요.

Chapter 4
기록의 활용

인스타툰

그림일기나 일상툰을 그릴 때는 아이패드로 바로 작업하는 대신,
먼저 노트에 콘티를 작성해보고 있습니다. 소재를 고르고, 간단한 대
사와 구도도 정해서 대략적인 틀을 잡아둔 다음 그림 작업에 들어가
죠. 어떤 과정을 거쳐 콘텐츠가 완성되는지 가볍게 참고해보세요.

한 장 그림일기를 그릴 때는 이런 식으로 콘티를 작성했어요. 오늘 하루 있었던 일을 소개하는 제목 한 줄을 정해놓고, 짧은 대사와 설명 글로 상황을 표현해봤죠. 콘티에서는 인물을 굳이 자세하게 그릴 필요 없으니, 글자로 누군지만 표시해두었답니다. 워낙 간단한 형식이라 레이아웃을 약간 정리한 것만 빼면 콘티에서 크게 달라진 점은 없네요.

✦ 스토리툰

일기를 계속 그리다 보니 하고 싶은 얘기가 점점 많아졌어요. 내 취향이나 생각, 가치관에 대한 이야기도 공유해보고 싶은데, 그러기엔 한 장은 턱없이 부족했죠. 그래서 '스토리툰'으로 형식을 바꿔 좀 더 여러 장에 걸쳐 이야기를 전개해봤습니다.

그러면서 콘티의 역할이 좀 더 중요해졌어요. 스토리도 기승전결 구조로 짜임새 있게 구성해야 했고, 컷별로 어떤 삽화를 넣을지도 고민해야 했죠. 예전에는 콘티 없이 바로 그림 작업을 시작할 때도 있었지만, 스토리툰을 제작할 때부터는 꼭 콘티를 먼저 작성한 다음 작업에 들어갔어요. 이렇게 하니 이전보다 총 작업 시간은 많이 늘었지만, 훨씬 완성도 있는 콘텐츠를 만들 수 있었어요.

이때 작업했던 스토리툰 중 '네일을 받는 이유'라는 콘텐츠는 '좋아요'를 거의 만 개 가까이 받을 정도로 많은 분이 공감해주셨는데요. 특히 네일 아티스트로 일하고 있는 분들로부터 감사 메시지를 비롯한 뜨거운 응원을 받아서 뿌듯했던 기억이 나네요!

0405.

첫번째 네일을 받는 이유.

1 예전에는 네일 받는 사람들을 보면
왜 하는지 이해가 안 됐다.

꾸며서
보이지도 않는데 왜 하는거야ㅋㅋ

그러던 어느날 인기 덕혜해주시던
유신님을 만났는데.

2 응? 손발 조이잖아!

결국 죽천반모 삶에서 채용 네일을 받게
3 되었고, 그 뒤로 일년 넘게 매달 젤네일
안한 적… ㅋㅋ

자미   꼴   유광
제끼 시럽그니

매달 꽤 큰 돈을 지출해야 함에도
계속 받게 되는 이유!

4 일단 내가 너무
행복하다!

누군가에게 예뻐보이기위해 받기보단
빠가 좋아하는 색을 한땀한땀
새 옷에 입어볼 수 있다는 게 좋고.

가득이나 손 많이 쓰는 직업!
내 손을 볼 일이 낭동안에
그 배 많다.

5 주저
그리고 손이 쩍 끗해지니
이것끼리 인이 없고. 끝이 날카롭게
아니 둥글돌
Can 쥐어드려줘

손톱이 두께워져서 부러지시ㅇ

6 빠가 행복해질 수 있는 방법에는
돈을 아끼지 않는 편이다.

이 돈을 벌야서 아껴서
미래를위해 고박고박 저축할
수도 있다.
물론그것도 좋다!

7 그리버ㅣ
한 살이라도
어릴 때
여기가지에 소비를 해보고.
빠가 진짜 좋아하는 일을 찾아봐야
하나라 생각한다.

7 안 써도
좋아하는
것들과
함께하는
일상이라면
분명 그 일상은
좋은 에너지가
가득 넘쳐나는
일상인데로.

8 이것끼리
일하지!!   더 행복해진
나는
이 멋진 상을 유지하기위해
더 즐겁게, 빙느끼 일하게 넘행하게!

9 사진

10 영상

♯ 네일을 받는 이유

예전에는 샵에서 네일 받는 사람들을 보면
이해가 되질 않았다.

둘다 8만원?

같은 값이면 쪼끄매서 보이지도 않는 손톱보다
머리를 하는게 더 이득 아닌가? 라고 생각했기 때문

그러던 어느날 일기를 번역해주시던
유진(Lauren)님을 만났는데...

진심 손만 보이는것이 아닌가!

허억?

그 길로 유진님이 추천해주신 샵에서
첫 네일을 받게 되었고...

그 뒤로 지금까지 일 년 넘게 매달
온갖 종류의 젤 네일을 받는 중이다...ㅎㅎ

자개 네일

대리석 네일

마블 네일

생화 네일

아가일체크 네일

시럽 그라데이션

매달 꽤 큰 돈을 지불해야 하는데도
계속 네일을 받게 되는 이유는!

**내 기분이
좋으니까!**

그뿐이다 ♪

누군가에게 예뻐보이기 위해 받기보다는
내가 좋아하는 색과 무늬를 한동안
내 몸에 담아둘 수 있다는 게 좋다.

특히 나는 그림을 그리기 때문에
내 손을 보는 시간이 남들의 두배!

그리고 손톱이 두꺼워져서 부러질 염려도 덜하고,

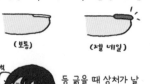

(보통)   (젤 네일)

등 긁을 때 상처가 날
염려도 없다! (?)

큐티클 관리를 받으니
이런 불상사(ㄷㄷ)도
방지할 수 있다!

나는 내가 행복해지도록 해주는
물건이나 경험에는
돈을 아끼지 않는 편이다.

물론 이만큼의 돈을 아껴서
미래를 위해 꼬박꼬박 저축하는 것도 아주 좋다.
(쉽지는 않지만...)

그렇지만 한 살이라도 어릴 때!
(=책임져야 할 것들이 적을 때)

여러가지에 소비를 해보고,
내가 진짜 좋아하는 것들을 많이
찾아둬야 한다고 생각한다.

언제든 좋아하는 것들과 함께하는 일상이라면
항상 그 안에 좋은 에너지가 가득할거고,

이 맛에
일하는 거지!

그럼 더 행복해진 나는
이 멋진 삶을 계속 누리기 위해서
더 즐겁게, 더 열심히 일할 거라고 믿는다!
그리고 그렇게 살고 있다♡

✦ 후기툰

일상툰을 워낙 자주 그리다 보니 내공이 쌓여서, 이제는 열 컷짜리 툰의 콘티도 노트 두 페이지에 다 정리할 수 있게 되었답니다. 제가 콘티를 작성하는 순서를 간략하게 정리하자면 다음과 같습니다.

① 에피소드의 포인트 키워드 적기
② 컷별 소재와 컷 순서 정하기
③ 메인 대사와 서브 대사 적기
④ 본격적인 작업에서 디테일 더해주기

먼저 오늘의 에피소드에 어떤 재밌는 포인트를 녹여낼 수 있을지 떠올려본 다음, 짧은 키워드로 상단에 적어둡니다. 그리고 각각의 소재를 어떤 순서로, 몇 컷에 담을지 고민해봅니다. 소재의 성격에 따라 한 컷에 두 개씩 밀어 넣을 수 있는 것도 있고, 설명이 필요해서 두세 컷을 할애해야 하는 것도 있어요.

각 컷에 어떤 소재를 담을지 대략 정했다면 메인 대사와 서브 대사들을 적어줍니다. 두 번째 컷을 예로 들면 메인 대사는 '미루고 미루던 수영 등록'이 되겠고, 서브 대사는 '수영복 마음에 들어'가 되겠죠?

요즘은 콘티를 최대한 짧고 간결하게 작성하려 해요. 막상 그림으로 옮겨보면 바뀌는 부분이 상당히 많거든요. 흐름을 파악할 수 있을 정도로만 간단히 적어준 다음, 작업하면서 그때그때 디테일을 더해주는 게 시간을 절약하는 길이랍니다.

첫 생애 첫 수영!
* 음~ 파 합!
* 수영모 잘못씀
* 유선형 자세
* 사우나~
* 밥 생각뿐.
* 걸으연서 음파합.

① 생애 첫 수영!
 (두근두근!)

② 미루고미루연 수영등록.
 - 1월 버프~
 - 수영복 마음에 들어.
 - 웃기게 생겼다.

③ 쌤이 걷고 있으라 했는데
 한바퀴 걷고 멋쩍어서
 밖에 걸으니까 웃으심.
 - 뉴비는 모든게 다어색

④ 수영모도 잘못 썼다.
 - (꼬글꼬글)이건건지.
 - 조그가 덮으로!

⑤ 호흡부터 배웠다
 - 음~ : 코로 보글보글
 - 파! : 입가 물 털어내기
 - 합=3초 : 숨 크게 마시기

⑥ 자세도 배웠다.
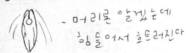
 - 머리론 알겠는데
   힘들어서 흐트러진다

⑦ 힘들어 죽을것같다.
 - 간만에 얼굴 빨개짐.

⑧ - 사우나에서 멍...

⑨ 밥 생각안 난다. - 사발연
⑩ 걸으연서 음파함 해봤다.

콘티를 참고해서 콘텐츠를 완성하면 이런 모습이 된답니다. 큰 틀은 비슷하지만 콘티 단계에는 없던 디테일이 곳곳에 추가되었어요. 어떤 점이 달라졌는지 한번 찾아보세요!

암튼 첫번쨰로 배운건 호흡!

음~~~ 하면서 코로 숨을 내쉬고

파! 하면서 입 주변에 묻은 물기를 털어내준 다음,

하압! 으로 재빨리 숨 들이마시기!

유선형 자세도 배웠다.

몸을 쫙 펴서 저항을 적게 받자!

팔을 이렇게 쭈아악 위로 올려야 하는데,
내 겨드랑이를 봐!

같아서 약간 민망했다ㅎ

끝나면 힘들어 죽을것 같다.
나올 때 다리도 후들거림.

쾌적해서 몰랐는데

힘들어서 얼굴 빨개져 있었음

사우나에서 멍때리며 휴식.

목욕 최고…

노곤 노곤

(사우나(무려 탕!) 있는 점 때문에 조금 비싸지만 사설 센터 등록했다.)

끝나고 밖에 나오니 정말 머리속에 밥생각뿐이었음.

밥밥밥배고파밥밥

근데 직장인 점심타임에 딱 걸쳐버려서, 그냥 작업실에서 사발면 때림!

바닷가 느낌으로~

힘들어도 역시 완전 재밌다!

걸으면서 음파합 해보는 중

음~~ 파-합!

으음~~ 파!합!

둠칫타! 둠칫타!

광고툰

인스타툰 연재 자체로는 수익이 나지 않아, 저는 주로 기업이 의뢰하는 광고툰 제작으로 수입을 얻고 있어요. 광고툰을 제작할 때는 클라이언트가 원하는 세일즈 포인트를 스토리 안에 자연스럽게 녹여내는 게 중요해요. 필요한 정보를 빠짐없이 담으면서 재미 요소도 놓치지 않아야 클라이언트와 독자 모두 만족하는 콘텐츠를 완성할 수 있답니다.

그래서 **광고툰을 만들 때는 콘티 작업이 필수인데요. 기획 단계부터 꼼꼼히 신경 쓰며 콘티를 짜임새 있게 작성하면 콘텐츠 반응도 잘 나옵니다.** 광고인데도 '좋아요'가 많이 눌리고 댓글이 우르르 달리면 이보다 뿌듯한 일이 없죠. 그동안 제가 작업한 광고툰 중 반응이 좋았던 콘텐츠의 콘티 두 가지를 공개해볼게요.

✦ 헬스장 추천툰

이건 제가 2년간 퍼스널 트레이닝을 받았던 헬스장의 홍보툰을 그리기 위해 작성한 콘티예요. 광고툰은 표지에서 이목을 끄는 게 가장 중요하므로, 먼저 많은 분이 공감할 수 있는 내용으로 제목을 정해 봤어요. 그러고는 바로 헬스장 소개로 들어가는 대신, 제 개인적인 경험을 가볍게 풀어보며 자연스럽게 내용이 전개될 수 있도록 구상해봤습니다.

이 홍보툰은 클라이언트의 터치가 전혀 없었기 때문에 제 마음대로 자유롭게 제작할 수 있었는데요. 아무래도 실제로 오랜 기간 다녔던 곳이어서 개인적으로 좋았던 점들을 열 컷 안에 전부 알차게 담고 싶었어요. 그래서 먼저 우측 상단에 제가 느낀 장점들을 쭉 나열해본 다음, 각각 몇 번째 컷에서 소개할 것인지 표시해봤습니다. 뒤쪽까지 읽지 않는 분들도 계실 테니, 중요하다고 생각하는 포인트부터 앞쪽에 배치했어요.

작성한 콘티를 바탕으로 최종 콘텐츠를 완성했는데, 이 홍보툰은 '좋아요'가 만 개 가까이 눌릴 정도로 반응이 정말 뜨거웠답니다. 실제로 느낀 장점들을 솔직하고 자세하게 담아내어, 광고 여부와 상관없이 유용한 정보성 콘텐츠로 봐주셨던 것 같아요. 초반부의 스토리를 '불만족스러웠던 퍼스널 트레이닝 경험'으로 전개했던 것도 댓글이 많이 달리는 데 한몫했었던 것 같고요.

아크) 20대 후반 접어드니
다들 운동 하나씩 함
① → 살기 위해...

② 그건 넋게 6ㅁ PT쌤에게
   만족스러운 수업 받는중인데.
   불안한 얘기도 들리심.

   | 말하느라 | 찝찝. |
   | 시간 다됨이며 | 과한스킨십 |

   | 진날 위에있는거 까먹 |

   (+α 기구가 낡았어)

③ 안좋은 얘기 들리니까
   우리 정리 가치를
   싸앙 느끼심   * 네이버
                    평점 0.5점인
   진작이었거니   강에 소개합니다

④ • 상담 중   • 일지6
  8 • 기구(시설)   • 트쌤들 경력.5
  9 • +α)공구   (시간 어눅구X)
    • 넷플릭스.   • 목표는 졸업.7

④ 상담.
  실적제X. 의회 나랑잘안맞긴지만
           리원 6니 뉴팀(X)
  대표님이 상담 후 관포독 목표 달성
  배숙기 힘든 트쌤 배치.

⑤ 트쌤들.   → ex. 테디쌤.
  다이어트진맷.   다이어도 13㎏ 뺌.
  자체 인증으면 신경써서 비용론. 안대였당.
                                18년차
  (경력 18년차. 10년차. 막내쌤이 4년차)
  (시간 어눅구(X) ✗ 어떻게도 운동
                   시커로 않다.)

⑥ 저번타임에 뭐했는지 전대 안까먹심과
  기억력 쩌는축 알았는디
  알고보니 다기록해놓거였음.
  • 제 일지 예시로 받을 수
    있을까요?
                  왜 이걸쓰나?
⑦ 우리의 목표는 수강생 졸업입니당.)
  └→ PT비 싸잖아요. 어케평생64요.
  → 힘몸바른 운동습관 잡아드리는거죠!? (⊙⊙)

⑧ (일지로) 목표장 가고있는지 chk.
  • 부족한 부분은 숙제.
  • 그걸 "꾸준히' 하도록 코칭. 응언.
  • 혼자서도 잡어요!   → 이건 좋도구!
      ⑨ →③   축천합니당♡
  일단 시설 욱 너무 좋고요.
  없었음 하는 기구까지 있음 (제안)
  운동복 공구 + 러닝머신 넷플 좋아합니다.

⑩ (사전) 강남욱 직장인분들께
   아큐9 축천합니다.

바로 그림 작업으로 들어가 의식의 흐름대로 스토리를 쓸 수도 있겠지만, **이렇게 콘티를 작성해보며 좋은 소재도 찾아내고 스토리 구조도 짜임새 있게 만들면 훨씬 더 완성도 높은 콘텐츠를 제작할 수 있어요.** 하고 싶은 이야기를 정확하게, 널리 전달하기 위해 저는 콘티 기록을 적극 활용하고 있답니다.

패널 1

그리고 상담 때부터 쎄하면...
괜찮겠지 하지 말고 도망치세요 !!

회원 득템!

???

트레이너가 자체적으로
상담하고, 어떻게든 본인
회원으로 받으려고 무리하게
등록시키는 경우도 있음 ☺

제가 다니는 PT샵에선
무조건 대표님이 직접
상담 후 목표에 맞게
매칭해주세요 !

다이어트가 1순위 목표고,
그 다음이 근력 향상이시군요.

허리가 좀 안좋으시고...

이 쌤이랑 스케줄 봐드릴게요.

패널 2

좋은 트레이너쌤의 기준은 제 생각엔
포기하려고 할 때 딱 한개씩 더 하게
만드는, 조련 스킬(?)인 것 같아요ㅋㅋ

아닛?!
이게 왜 되죠?

된다고
했죠?

이러면 이제
한단계 또
성장한거죠!

굿굿

경력
18년차는
역쉬 다름

패널 3

그리고 저희 센터에서는 매일
어떤 운동, 몇세트, 몇kg로 했는지
다 일지에 적어두고 공유해주세요 !

No.1		01-26				
no	부위	종목	Weight	Set	Rep	vol	Remarks
1	등	데드리프트	30	3	15	1350	
2	등	랫풀다운	20	3	15	900	
3	등	암풀다운	15	3	15	675	
4	어깨	레터럴 레이즈	2	3	15	90	
5						0	
6						0	
7						0	
8				총 Vol		3015	

축약사항   골반 오른쪽 틀어짐, 오른쪽 다리/좌측 타이트, 왼쪽 햄스트링 타이트, 왼쪽 상체 타이트

지금 잘하고 있는건지 헷갈릴때,
성장해온 기록을 숫자로 확인하면
뿌듯하고, 괜히 도전의식도 생겨요ㅋㅋ

패널 4

저 일지만 있으면 변명은 불가능 !
더 철저하게 운동할 수 있답니다
힘들지만 그래도 성장은 확실하니 좋아요..

에엠~저번에
이거보다 훨씬
낮은 무게로
했을걸요?

(의심)

노우~
기록 다 있어요

(당당)

패널 5

궁극적인 목표는 결국 회원님들을
☆졸업☆ 시키는 거죠.

솔직히 PT
비싸잖아요.

목표 달성에
필요한 만큼만
세션 등록하고.

이후에는 혼자서도
운동하실 수 있도록,

좋은 습관 만들어서
보내드리는게 저희
역할이라고 생각해요.

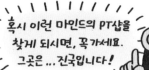

혹시 이런 마인드의 PT샵을
찾게 되시면, 꼭 가세요.
그곳은 ...전국입니다 !

패널 6

살기 위해 운동해야 하는데,
이왕 하는 거 제대로 하고 싶고,
집/직장이 강남역 근처라면~

제가 다니는
아크PT스튜디오
추천합니다요

✦ 헤드폰 추천툰

앞서 소개한 홍보툰은 사실 지인의 의뢰에 가까워 별도의 피드백 없이 자유롭게 작업했었는데요. 기업의 의뢰를 받아 일하는 경우에는 작업 과정이 조금 더 까다롭습니다. 보통 작업을 시작하기 전 가이드라인을 전달받는데요. 내용을 참고해 클라이언트가 원하는 강조 포인트를 파악한 다음, 그걸 콘텐츠 안에 자연스럽게 녹여내야 합니다. 또 계약한 컷 수가 정해져 있어서 분량 조절도 잘해야 하고요.

저는 먼저 작업에 앞서 노트에 아이디어를 끄적거려봅니다. 오른쪽 사진은 소니 헤드폰의 광고툰을 그리기 위한 아이디어 기록인데요. 우선 소재로 쓸 만한 개인적인 경험을 찾기 위해 헤드폰과 관련된 기억을 쭉 더듬어봤어요. 클라이언트가 요청한 강조 포인트와 별개로 저는 어떤 점이 마음에 들었는지도 적어봅니다.

그런 다음에는 텍스트 파일로 내용을 깔끔하게 정리해봅니다. 페이지당 글자 수가 너무 많아지면 가독성이 떨어지므로, 문장의 길이와 대사의 양까지 고려해가며 내용을 꼼꼼하게 짜고 있어요.

작성한 콘티를 바탕으로 그림을 그린 뒤, 광고주와 피드백을 주고받으며 수정 과정을 몇 번 거치면 콘텐츠가 완성됩니다. 광고툰 작업을 할 때는 항상 노트에 아이디어를 먼저 기록한 다음 메모 앱으로 깔끔하게 정리해요. 그럼 그림에 빠짐없이 제품의 장점을 잘 녹여낼 수 있고, 클라이언트와 소통하기도 훨씬 편해진답니다.

소니 헤드폰

헤드폰 예전에 써봄.
귀보다 작아서 불편.

요즘 패션템으로도
인기 많아서 눈여겨
보고 있었는데!

소니 헤드폰 써봄!
노캔 맛집.
or

집에서 작업하게 된 나.
계속에 남편 눈치주기도 좀 그랬는데
퇴근한   편-안.

노래 안들을 때 에어컨소리 X.

카페에서 작업하기 ♪
* 호환성.
* 편안한 착용감.
* 노캔맛집 → 에어컨소리 X.
* 급속충전!
* 예쁨 → 플래티넘 실버
      (아이보리.베이지)

공부

① 귀가 편안.
   예전에 귀 꽉
   불편해서 안썼었음.
② 조용함.
   길이굉장 드르륵 소리조차 X.
③ 예쁨.
   쭈욱쭈욱
   ☆완성☆
④ 노래 안들을 때 노캔.
   에어컨소리 X !!

콘)소니

날짜
업로드 예정일 @2023년 6월 30일
태그

1
노이즈캔슬링
이제야 써본 사람
• (아련)그 사람...바로 나예요...

2
모두가 노이즈 캔슬링 음향기기를
하나씩 장만할 때 이상한 반항심으로
꾸역꾸역 을 이어폰을 쓰던 나.
• 나는 나의 길을 간다!
• 마 충전도 안해도 되고 얼마나 좋아!

3
그런데 이번에 노캔 맛집 소니의
헤드폰 써볼 기회가 생겼다!
• 흠...왜 다들 노캔을 찬양하는지 궁금하긴 했어.
• [소니 WH-1000XM5]
• 플래티넘 실버 컬러인데 실제로 보면 좀 더 아이보리색에 가까움.
• 재질도 엄청 매트해서 되게 고급스러워 보인다.

4
귀가 좀 큰 편이라 전에 다른 헤드폰 쓰다가
불편해서 결국 팔아버린 경험이 있기 때문에,
이번에도 큰 기대 안하고 착용해봤는데?

• 너무 편해... 전자기기가 아니라 무슨 귀마개 같아
• (무게가 250g밖에 안된다고 함!)

5
그리고 노이즈캔슬링은...까암짝 놀랐다.
에어컨 소리조차 안들리게 되니까
집이 조용해진 듯해 고요해짐... ㄷㄷㄷ
• 와 갑자기 침술 인정 참돼!
• 무슨 술에 있는 것 같아!

6
예전에 작업실 없었을 때는
카페에서 공부나 작업 자주 했었는데,
이거 있었으면 진짜 행복했을 것 같다.
~ 고통받았던 지난날 ~
• 으아~ 대화 소리가 음악을 뚫고 들어와
• 하지만 카페는 공부만 하는 곳이 아니긴 해...ㅠㅠ
• (요즘) 편-안ㅆ

7
게다가 충전 맨날 미루는
나같은 극혐의 P를 위한
아주 좋은 기능도 있다.
• 바로 급속 충전! 급할 때 10분만 충전하면 무려 5시간 쓸 수 있음.
• 남편 : 그냥 풀충해서 30시간 듣는 건 어때?

8
그리고 내가 진짜 감탄한 기능이 있는데,
무려 기기 두 개에 동시에 연결할 수 있음!!

노이즈캔슬링 신세계

나 이거 대체 왜 이제야 써봤냐?

다들 노캔 아이템을 하나씩 장만할 때 괜한 자존심으로 줄 이어폰을 고집하던 나.

후훗~

나는 나의 길을 간다!

충전도 안해도 된다고?

그런데 이번에 노캔 맛집! 소니의 신상 헤드폰을 써보고 생각이 달라졌다…ㅋㅋㅋ

SONY WH-1000XM5 플래티넘 실버

아… 잠깐, 이런 컬러는 반칙인데?

실버인 듯 베이지인 듯 오묘한 컬러에, 재질도 매트해서 매우 고급지당.→

귀가 좀 큰 편이라 헤드폰이 잘 안 맞았던 적이 있어서 혹시 불편하지 않을까 걱정했는데!

오오! 왕 편해! 겨울 귀마개 같아!

보드랍고 가벼워~

무게도 250g 밖에 안나가서 목에 부담 없음!

그리고 노이즈캔슬링 기능은
진짜…까암짝 놀랐다.

에어컨 소리조차 안들리니까
무슨 숲속에 있는 기분이었음.

조용하다 못해…

고요하잖아?

요즘 집중 안될 때 가끔
카페 가서 일하기도 하는데,
소음 신경 안써도 돼서 좋다!

예전에는 이 정도로 시끄러우면
그냥 집 갔었는데… ㅋㅋㅋ

편~안

(왁자지껄)

게다가 충전 맨날 미루는
나같은 극한의 P를 위한
아주 좋은 기능도 있다.

바로 급속 충전!

미리 풀충 좀 해서
30시간 들어ㅋㅋ

급할 때 10분만
충전하면 무려
5시간 동안
쓸 수 있음!

바부

그리고 내가 진짜 감탄한
기능! 무려 기기 두개에
동시에 연결할 수 있음!!

폰으로는
좋아하는
노래듣고,

PC로는
노동요를
듣는 편인데,

한 쪽에서 재생하던 거
끄고 다른 쪽에서 노래
틀면 그 기기랑 바로
연결되는 매직…★

(아이폰, 윈도우 다 호환잘됨)

꾸안꾸룩 포인트로까지
너무 좋아서 이제 이거 없던
시절로는 못 돌아간다ㅠㅠ

추리닝+티셔츠만 입으면
왠지 꼬질이 백수 같은데,
소니 헤드폰
하나 더하면
힙스터 됨ㅋㅋ

미드나잇
블루 컬러

블랙 컬러

여름철 카페에서
시원하게! 집중해서!
공부하고픈 분들께
완전 추천해요!

인스타그램 운영

저는 그동안 인스타그램에 천 개가 넘는 게시물을 올렸는데요. 매번 자유롭게 그려서 올리는 것처럼 보이지만, 사실은 뒤에서 엄청나게 많이 고민하고 있답니다. 어떤 주제를 다뤄야 팔로워를 더 늘릴 수 있을까? 어떤 경험을 공유해야 댓글이 많이 달릴까? 이런 생각을 늘 하고 있고, 나름대로 계산해서 게시물을 만들 때도 많아요.

인스타그램 계정을 운영하다 보면 사람들의 반응이 숫자로 바로 보이기 때문에 신경 쓸 수밖에 없습니다. 하지만 그렇다고 매번 계산적으로 접근하면 즐겁게 그림을 그릴 수 없겠죠. 내가 하고 싶은 이야기와 사람들이 기대하는 이야기 사이에서 균형을 잡는 게 중요합니다. 그 중간을 찾기 위해 열심히 고민했던 흔적이 담긴 기록을 몇 가지 공유해볼게요.

✦ 성장 비결 찾아내기

인스타그램에 게시물을 꾸준히 올리다 보면 어떻게 해야 계정을 성장시킬 수 있을지 조금씩 감이 옵니다. 그동안 내가 올린 게시물들의 인사이트(좋아요, 댓글, 저장, 노출 등의 수치)를 전부 확인할 수 있으니, 그 자료를 토대로 어떤 콘텐츠가 반응이 좋은지 스스로 분석해볼 수 있거든요.

그동안의 경험을 바탕으로, 상황을 객관적으로 판단해보고 나름대로 성장 비결을 정리해서 기록해봤어요. 하지만 방법을 알아도 실행에 옮기는 것은 다른 문제입니다. 잘되는 콘텐츠의 스타일이 내 취향이 아닐 수도 있고, 자주 올리기에는 시간이 너무 많이 들 수도 있으니까요. **그래서 일단은 알아낸 내용을 잘 기록해둔 다음, 나중에 내게 맞는 방법을 찾을 때 자료로 활용하면 좋습니다.**

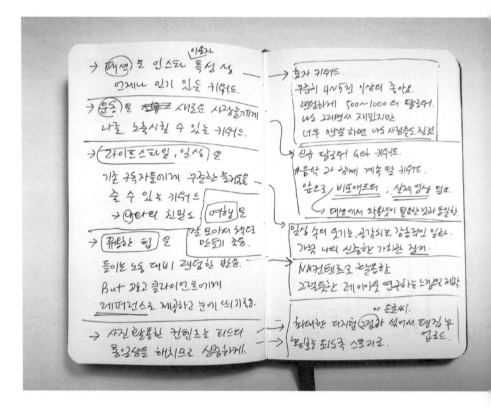

이때 기록한 내용은 앞으로 인스타그램 계정을 성장시키고 싶은 사람에게도 도움이 될 것 같아 간략히 정리해보았어요. 이를 참고해 운영 중인 인스타그램 계정(또는 다른 플랫폼)을 되돌아봐도 좋고, 성장 계획을 세워봐도 좋겠습니다.

- **채널의 활성화** | 슬럼프는 재밌는 일을 하면 극복되고, 일은 채널이 활성화되어야 많이 들어오는데, 일이 많이 들어오면 그중에 재밌는 일만 선택해서 할 수 있다. 채널을 활성화하려면 확 뜨는 콘텐츠가 있어야 하고, 확 뜨는 콘텐츠가 있으려면 무언가를 꾸준히 올려야 한다.

- **콘텐츠 업로드** | 매일 올리기보다는 2~3일에 한 번씩 올리면서 게시글이 확산될 시간을 주는 게 좋다. 단, 4~5일간 올리지 않으면 노출도 줄고 구독자의 흥미도 떨어질 수 있다. 노출이 줄고 구독자의 흥미도 떨어지면 팔로워가 감소한다. '팔로우 취소'는 언제나 있고, 팔로워가 폭발적으로 늘어서 팔로우 취소를 추월해야만 팔로워 수가 꾸준히 증가한다.

- **주요 키워드 발견** | 꾸준히 무언가 올리다 보면 그중에 반응이 오는 키워드가 있다(꾸준히 '좋아요'를 받고 '팔로워'가 늘어나는 효자 키워드, 신규 팔로워를 얻을 수 있는 키워드, 기존 팔로워에게 지속해서 즐거움을 줄 수 있는 키워드, 여행 키워드, 유용한 팁 키워드 등). 그 주제로 2~3회 더 연달아 제작해 올린다.

◆ 콘텐츠 주제 고민하기

일상툰이라는 카테고리 안에서는 정말 '아무거나' 그려도 됩니다. 내가 좋아하는 노래, 어제 본 영화, 오늘 발견한 맛집 등의 가벼운 소재부터, 내 가치관이나 고민 같은 솔직한 이야기까지 전부 담을 수 있죠. 그런데 선택지가 너무 많으면 오히려 고르기가 더 어려워요. 소재를 찾는 시간이 길어질수록 그림을 그릴 의욕도 뚝뚝 떨어지기 때문에, 저는 늘 주제를 좁히려고 노력하고 있어요.

작년에는 고민, 운동, 일상, 취향, 여행, 이렇게 큼직하게 다섯 개의 주제로 콘텐츠를 나눠보았어요. 주제를 하나로 좁히면 통일성 있는 인스타그램 피드를 가득 채울 수 있겠지만, 성격상 금방 답답해하고 싫증을 낼 게 뻔했거든요. 큰 틀만 잡아두고 그 안에서 자유롭게 그릴 수 있도록 정리해봤어요. 당시에는 콘텐츠의 방향에 대해서도 고민이 깊었는데요. 떠오르는 대로 가볍게 쓰는 일기, 많은 사람에게 보여줄 목적으로 기획해서 제작하는 콘텐츠, 둘 중 어느 쪽을 택해야 할지 고민했어요. 그에 대한 해결책도 정리해서 기록해두었답니다.

STORY KEYWORDS

\# 고민기록 → 일.브랜딩. 미래

\# 운동기록 → 건강한 삶의 자세.

\# 일상기록 → 오늘의 소소한 재미. 행복

\# 취향기록 → 음악. 옷. 쇼비.

\# 여행기록 → 일러스트 조각. 사진+글씨.

일기 ———— 그 사이 ———— 컨텐츠

↓

분리해서 생각할 필요가 있다.

두 개의 차이점은 바로 밀도!

↳ =부담감

· 컨텐츠가 될 소재를 가벼이 날려도 X.

· 일기 정도의 이야기를 괜히 부풀려도 X.

20대 후반이 되어 새롭게 세워본 콘텐츠 제작 계획도 있어요. 기존의 독자들과 공감대를 형성하며 팬으로 만들 수 있는 가치관 콘텐츠, 더 많은 사람에게 노출될 수 있는 후기 콘텐츠, 가볍게 즐기기 좋은 이야기 콘텐츠, 이렇게 세 가지로 정리해봤습니다. 그리고 '기록'이라는 키워드를 자주 다루며 '기록 크리에이터'라는 정체성을 확립해갈 계획도 세워봤죠.

노트의 내용을 간략히 정리해보면 다음과 같습니다. 인스타그램 계정을 운영하고 있거나 다른 플랫폼에서 콘텐츠를 발행하기 위해 기록을 활용하고 있다면 한번 참고해보세요.

- 가치관 콘텐츠 | 나와 생각 비슷한 사람을 '찐팬'으로 만들 수 있는 콘텐츠(ex. 20대 후반인 나의 생각, 결혼 생활 등)
- 후기 콘텐츠 | 내가 경험해본 재밌는 것 또는 맛있는 것 등의 후기 콘텐츠(ex. 영화, 드라마, 옷, 노래, 장소, 맛집, 각종 경험 등)
- 일상 콘텐츠 | 가벼운 스낵, 힐링 콘텐츠. 독자들과 재밌게 수다 떠는 느낌의 콘텐츠(ex. 웃긴 사건, 짜증 나는 사건, 부부 에피소드 등)
- 기록 콘텐츠 | 기록에 관심 있는 독자들과 소통할 수 있고, 기록 크리에이터로서 브랜딩이 가능한 콘텐츠

이렇게 기록해둔 계획은 6개월에서 1년 주기로 업데이트해주고 있어요. 시간이 지나면 제 관심사도 달라지고 트렌드도 바뀌니까요.

새롭게 유행하는 키워드는 무엇인지, 나는 어떤 키워드에 관심이 있는지 기록을 통해 파악한 다음, 다시 새로운 계획을 세워보고 있습니다.

20대 후반의 생각.
졸혼 생활 (좋은부분…)
가치관 컨텐츠 👥👥👥
★ 나와 생각 비슷한 사람 진 팬으로 만들기.

맛있는거 → 영화·드라마·옷·노래
재밌는거   장소·맛집·경험.
후기 컨텐츠 #노출↑. 바이럴↑.
경사경사 블로그 SNS 영상
만들어서 릴스?… 글 하기엔
내가 글게 자주 놓진 않는듯.

웃긴사건.   가벼운 스낵·
박치는사건.   힐링 컨텐츠.
부부에피소드. 독자들과 재밌게
인생 썰 컨텐츠   수다 떠는 느낌.

기록 컨텐츠 Q&A 형식의 질문 받아서
어떤 수요·궁금증들이 있는지 파악하고
책 속에 담길 내용도 야금야금 풀어볼까?
질문 들어온 것들 중 책 썼던 내용으로
답변 원만한 것 있으면 그 부분
요약 정리 하듯이 글으로 제작
그 외의 질문들 적극 답변 - ★
① 기록 관심 있는 독자들과 소통
② 기록 크리에이터 브랜딩!
나중에 문구 (노트·다이어리 속지)
여기서 영감받아 제작하고
ex 스토리텔링&홍보.

무조건 내가 두고두고 보기위한
'나를 위한 기록'을 남긴다는 생각으로
→ 잘 되면 좋고~ 아님 내가 나중에
또 보는걸로 ㅋㅋ 좋분♪

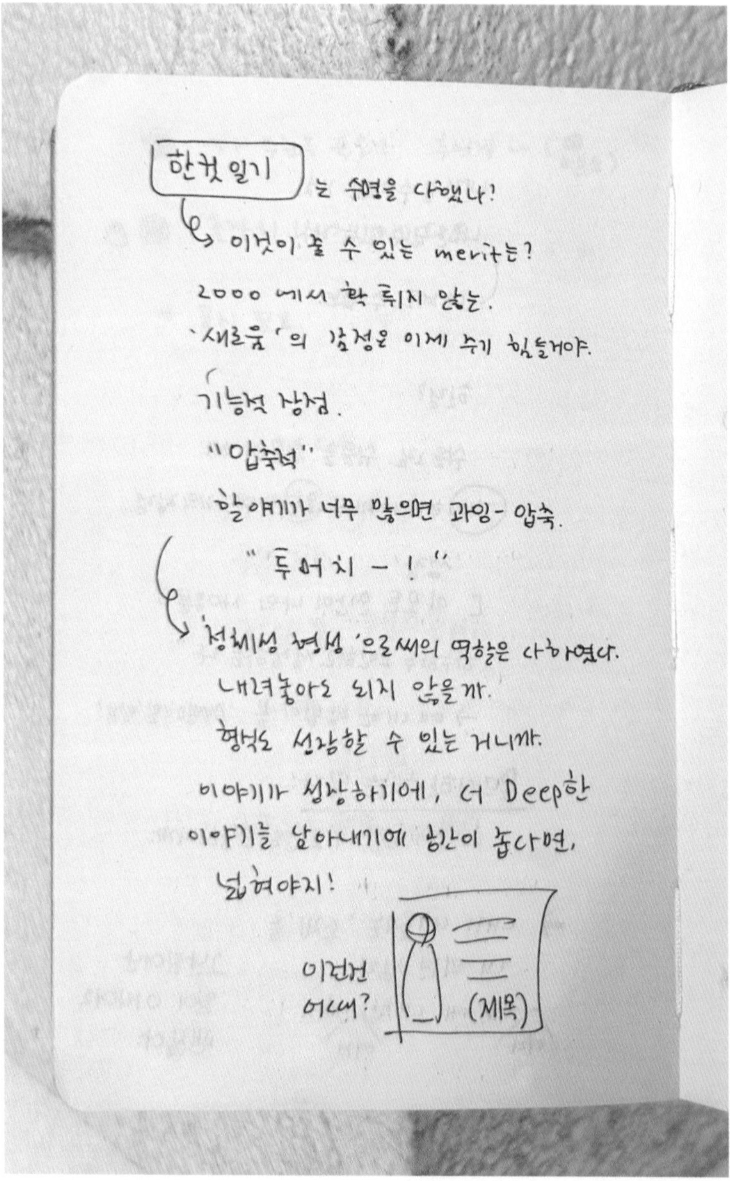

한컷일기 는 수면을 다했나?

↪ 이것이 줄 수 있는 merit는?

2000 에서 학 퇴지 않는.

'새로움'의 감정은 이제 주기 힘들거야.

기능적 상성.

"압축녁"

할 얘기가 너무 많으면 과잉 - 압축.

"투어치 - !"

↪ 성체성 형성 '으로써의 역할은 다하였다.

내려놓아도 되지 않을까.

형넘도 성장할 수 있는 거니까.

이야기가 성장하기에, 더 Deep한

이야기를 남아내기에 힘간이 좁다면,

넓혀야지!

이건건
어때?   (제목)

✦ 스타일에 변화 주기

    오랫동안 유지해온 형식을 바꿀 때는 늘 고민이 따릅니다. **하지만 변화를 두려워하면 성장할 수 없죠. 그래서 저는 망설여질 때마다 기록으로 내 생각을 잘 정리해보고, 새로운 계획도 세워보면서 확신을 얻고 있어요.**

    이건 '한 컷 일기'에서 '스토리툰'으로 형식을 바꿔보려고 고민하던 시기에 남긴 기록이에요. 한 장에 담고 싶은 내용이 점점 많아져 글씨를 읽기 어려운 지경에 이르렀지만, 그동안 유지해온 형식을 바꿀 엄두가 나지 않았어요. 이미 '한 컷 일기 그리는 사람'이 저의 정체성처럼 느껴져, 이걸 바꾸면 사람들이 더 이상 제 그림에 흥미를 가지지 않을 것 같아 걱정이 됐죠.

    그런데 갖고 있는 걱정거리들을 기록으로 정리하다 보니, 오히려 새로운 형식이 신선함을 줄 수 있을 것 같다는 생각이 들었어요. **키가 자라면 더 큰 옷이 필요해지듯, 이야기가 성장하면 형식도 성**

한 장에 구겨 넣기 위해 점점 작아지는 글씨

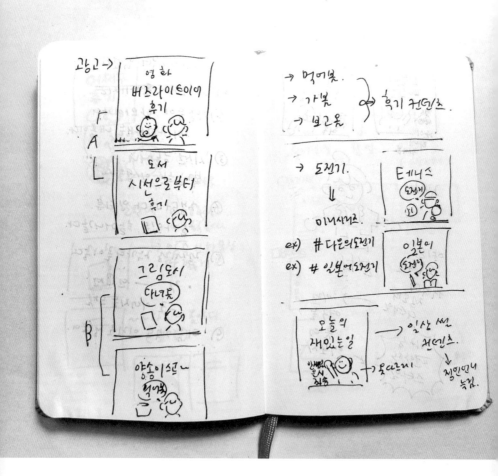

광고 →

영화
버즈라이트이어
후기

도서
시선으로부터
후기

그림도서
다녀옴

양송이스튬~
후기

→ 먹어봄.
→ 가봄   → 후기 컨텐츠.
→ 보고옴

→ 도전기.
↓
미니시리즈.
ex) #다른어도전기
ex) #일본어도전기

테니스

일본어

오늘의
재있는일   → 일상 썰
컨텐츠.
→ 옷따라기   ↓
친인니
늑김.

242

장할 필요가 있다는 깨달음도 얻었죠. 이 기록을 남긴 뒤로는 걱정을 내려놓고 페이지를 늘려서 더 깊은 이야기를 담을 수 있었답니다.

그림을 예쁘게 그리고 재밌는 이야기를 쓰는 것도 중요하지만, 사람들에게 발견되기 위해 노력하는 것도 소홀하면 안 됩니다. 왼쪽 아래의 그림은 인스타그램의 수많은 콘텐츠 사이에서 조금이라도 더 눈에 띌 수 있는 표지를 만들기 위한 아이디어 기록이에요.

기존의 표지는 제목을 문장 형식으로 짓고 간단한 말풍선을 추가하는 방식이었는데요. 글씨가 작다 보니 작은 크기의 섬네일로 볼 때는 눈에 잘 띄지 않았어요. 그래서 제목을 아주 짧게 짓고 굵은 글씨로 강조해서 눈에 확 들어올 수 있도록 변화를 줘봤답니다.

글씨가 작아 눈에 잘 띄지 않는 기존의 표지(왼쪽),
짧은 제목을 굵은 글씨로 강조한 현재의 표지(가운데, 오른쪽)

여행책 펀딩

2018년 여름, 한 달 동안 스페인과 포르투갈을 여행한 뒤 그 경험을 모아 여행책을 출간했습니다. 여행에서 돌아온 뒤 기록을 잘 모아 출판사에 투고하는 방법도 있었지만, 당시 의욕이 넘쳤던 저는 크라우드 펀딩을 통한 독립 출판을 택했죠.

여행의 경험을 글과 그림으로 옮기는 과정은 정말 재미있었지만, 그걸 '책'으로 엮어내는 과정은 조금 까다로웠어요. 나만 보고 즐거우면 되는 기록이 아니라, 다른 사람들도 잘 이해하고 함께 즐길 수 있는 기록으로 다듬어야 했으니까요. 멋진 책을 완성하기 위해 고민했던 과정이 담긴 기록을 몇 가지 공유해볼게요.

✦ 목차 정하기

책을 출간하기 위해 가장 먼저 해야 할 일은 목차를 정하는 것이었어요. 어떤 이야기를 어떤 순서로 담을지 정리해보는 거죠. 한 달 동안 여러 도시를 돌아다녀서, 도시별로 3~4개의 에피소드가 담길 수 있도록 내용을 추려보았습니다.

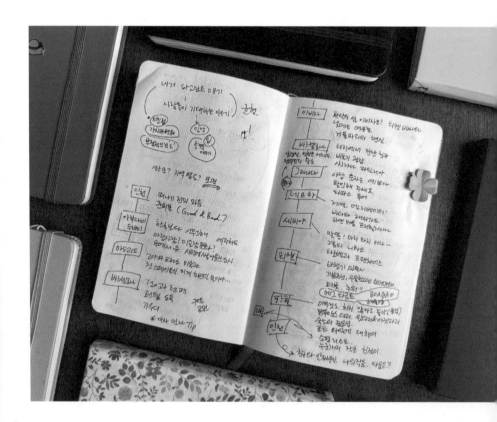

목차를 정리하며 에피소드별로 미리 짧은 제목을 붙여두었더니,
나중에 어떤 글과 그림을 담을지 좀 더 쉽게 결정할 수 있었어요. 먼저
흐름만 잡아둔 다음, 실제로 글과 그림 작업을 해보며 분량이 적거나
불필요한 내용은 제외하고 최종 목차를 정리했답니다.

✦ 콘티 작성하기

여행 중에도 인스타그램에 계속 그림일기를 남기기로 결심했던 터라, 노트북과 타블렛을 챙겨 다니며 하루가 끝날 무렵 그날 있었던 일을 그림으로 남겼어요. 시간과 체력이 부족해서 못다 그린 이야기는 노트에 작은 그림과 함께 정리해두었는데, 나중에 한국에 돌아와서 다시 깔끔하게 정리했습니다. 급할 때는 여행의 감상을 글로만 남겨두기도 했지만, 확실히 이렇게 작은 그림을 덧붙여둔 페이지들은 이후 원고 작업에 큰 도움이 되었어요. 얼렁뚱땅 그려둔 그림들도 나중에 다시 보면 꽤 귀여워요. 그래서 그려둔 그림들은 거의 다 책의 삽화로 활용했답니다.

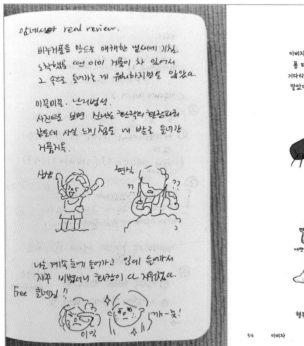

거품파티의 현실

이비자에 오기로 결정한 가장 큰 이유, 클럽 '암네시아'의 풍 파티! 거품은 마감 직전인 새벽 5시에 쏘기 때문에 기다리다가 결국 잠들어버려서 정말 마감 직전에 도착하고 말았다. 다행히 아직 거품 파티가 끝나지는 않았지만···

...어...지금...한 번에 다 쏘는건가?

(상상)

(현실)

행복한 거품천국인줄 알았는데 괴로운 거품지옥이었다.

[기록까지 웃한 음식들]

(Granada 그라나다)
타파스 투어 !!

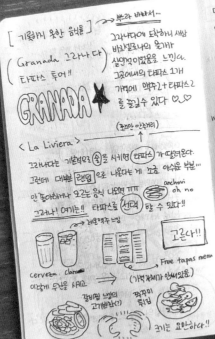

뽀쪼라 바냐서···

그라나다에 도착하니 세삼
바르셀로나의 물가가
실감이 있었음을 느낀다.
그곳에서의 타파스 1개
가격에 맥주2 + 타파스2
를 즐길 수 있다 ♡♡

< La Liviera >

그라나다는 기본적으로 (술)을 시키면 (타파스)가 딸려온다.
그런데 대부분 (랜덤)으로 나온다는 게 조금 아쉬운 부분···
안 좋아하나 맛없는 음식 나오면 ㄲㄲ anchovi oh no
그러나 여기는 !! 타파스를 (선택) 할 수 있다 !!

레몬맥주 느낌

cerveza, Clara
이렇게 두잔을 시키고 → (가격 표시가 안써있음)
Free tapas menu

갈비찜 느낌의
고기반찬(?)   쪽꾸미 튀김   크기는 요망하다 !!

다양한 곳에 가보고 싶어서 자리를 옮겼다.

< Los diamentes >

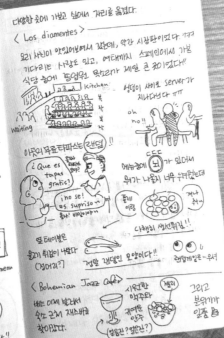

우리 사진이 맛있어보여서 갔는데, 약간 시장판이다. ㅋㅋㅋ
기다리는 사람도 있고, 여태까지 스페인에서 가본
식당 중에 종업원 몇고라가 제일 큰 곳이었다!!

Kitchen
Waiting

 no!

종업원이 서빙을 Server가
지나다닌다 ㅠㅠ

이곳의 무료타파스도 랜덤 !!
¿Que es tapas gratis?
¡no se! Es! suprisa
황당! 비밀이라니

메뉴 중에 (뇌)가 있어서
뭐가 나올지 너무 두려웠는데
...
다행히 생선튀김 !!

옆테이블로
올리기 튀김이 나왔다
(?이거?)   정말 랜덤인 오양이다 !!
랜덤게임로···우셔

< Bohemian Jazz Cafe >
배는 이제 불렀어
숙소 근처 재스바를
찾아왔다.

시원한 맥주와   그리고
귀여운 안주   분위기가
(맥클인?? 맥집?)   일품

타파스 투어

그라나다   바르셀로나
맥주2 + 타파스2 = 타파스1

그라나다에 도착해버니 세삼 바르셀나의 물가가 정말
실감이 있었음을 느낀다. 이곳의 매력을 제대로 느끼기 위해서
술을 시키면 타파스(작은 안주)를 무료로 제공하는 '타파스
바'투어을 해보아야 한다. 역는 거라면 절대 후회 없지!
나도 두 군데의 바틀을 방문해봤다.

Los Diamentes

엄덕이 길해사고!

요리 사진이 맛있어 보여서
찾아있는데 약간의 유선적인 첨길한
시장판이었다. 스페인에서
가본 식당 중 종업원 물이하가
가장 큰 곳이었다.

이곳의 무료 타파스는 랜덤!

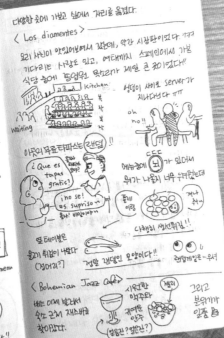

¿Cuál es tapas gratis?
¡No se! Es la sorpresa

La Liviera

이런 가게처럼 그라나다의 타파스 바는
대부분 무료 타파스를 '랜덤'으로 나온다.
그러나 메뉴판/메뉴판에서 직접 타파스를
선택할 수 있다는 게 최고의 장점이다.

가격 표시는 안써있는
FREE TAPAS 메뉴판

carne de   clara
puerco   cerveza
Chipirones

시원한 생맥주 Cerveza2와 스페인식 레몬
맥주 Clara를 시키고 고기반찬(?)과 쭈꾸미
튀김을 주문했다. 타파스의 크기가 생각보다
크지 않기 때문에 술을 자주마 안 시키게
된다. 그라나다에서는 취해 있지 않은 시간에
별로 없었던 것 같다. 좋은 곳이라는 뜻이다.

✦ 에필로그 남기기

의미 있는 첫 책이라서 마지막까지 하고 싶은 이야기가 정말 많았어요. 어떤 마음으로 책을 만들기로 결심했고, 다 끝난 뒤 무엇을 느꼈는지, 에필로그에 잘 녹여내고 싶어서 하고 싶은 이야기를 노트에 먼저 정리해봤습니다. 그 후 잡아본 초안에서 글을 조금 더 다듬고 작은 삽화를 더해 이렇게 에필로그를 완성하게 되었습니다.

[프롤로그] / [에필로그]

왜 여행을 하는지.
왜 책을 쓰게 되었는지.
(왜 편집을 하게 되었는지)

내가 기억하는 것은 무엇인지

변화된 나. 변하지 않은 나.

(무모함)

난 인생의 모든 것들이 좋다.
설레와 서먹함 두려워하면서도
아직 맛을 보고 꿈꾸며는 번개처럼
계속 내가 경험해보지 못한 새로운 것들에
빠져들어가는 흥미성을 느낀다.

여행은. ← (형병써 소재 참고)

👁‍🗨 여행을 간다고 하면 대부분.
"왔어. 재밌게 놀다 와" 라고 한다.

남이 알지만 요청을 좋게도 요청적인 사람.
그래서인지 한 번쯤 마음 편히 들어가는
지점으로 여겨볼 것이 없다.

이렇게 여행은 충동이 아니라 매력이다.
뭐가 없어오나!
뭐가 있어오나! 뭐가 버려야오나!

기억 반, 무경험 반의 설레는 여행...

창의
딱끔하게
여행해봐?   다들 속 편히 즐기고 오는 것 같아 부럽더라고.
             문득 내 성격이 이모된 것 다 싫어라도 있겠지
             싶다.

• 자연스러운 관계형도 갖고 내가 보는 새삶을
  구석구석 돌려다보고 싶어지면
• 그것은 강박적인 것으로 가속되어.

─────────────

• 차라리 여행 계획표 짤 시간에 편히 계획도 구상하고
• 여행을 돌아도 푹 쉬며 뭐라고 고개여라 모든 보내
  그것도 못해서 여기저기 놀기고
• 한 달이나도 많은 시간 동안 생각 하루만도 제대로
  안 돌아보고.

돌아오면
오든게 무탈하게 맘도 안심은 일이었어.
왜 한건지, 어쩐게 행동치 모하겠어.

그래도 후회하지는 않아.
뭐가 있었든지 그리고 무엇에게
몸웅과 내언님 덕분에 나는 또 한번
내 생성을 넓힐 수 있었어.

• 수로 덕분에 드러냈다.
  '여행' 이 내 무음을 표출하는 방법이
  아니죠.
• 내가 그거 좋아하니까 했었어 '여행'을
  나의 무음과 사랑들에게 즐겨주는 여어
  외행을 했나고 봐.
• 그래서 때늦어가는 이너에 표현되운 수
  있는 한 현상은 일것일 넘어느 것.

절대 놓수 없는 생각했던 것들을
하나씩 이뤄나면 돼야.

나는 또 그다음 무겨운 것 같았으면
일을 하면써 내 이뤄나면 휘문 같다.

" 나 이것으 해번 사람이야!"

스스로에게 주는 창찬. 저력을 끝까지
하나에 늘 쓸 여가는거라

 나 혼자서도 할 수 없는 일이다
  그래서 외롭고. 그래서 더 많은
  것들이 소망하고 싶어.

 그래서 내가 되게 안아서
  많은 것들을 사람하고 더 많이 하고 싶어.

안되나도. 내가 이뤄낸 이 세상
바람들이, 한가로 한 맞춰아도
앞으로 내 딛을수 있게 해주는
용가가 되수 있게을.

✦ 리워드 기획하기

크라우드 펀딩을 진행하면 믿고 후원해주신 분들을 위한 기념품 느낌의 리워드를 함께 제작하는 경우가 많습니다. 마침 만들고 싶었던 굿즈가 정말 많았기 때문에, 어떤 걸 만들어보면 좋을지 신나서 기획했던 기억이 납니다. 처음에는 이런 계획을 세워봤어요.

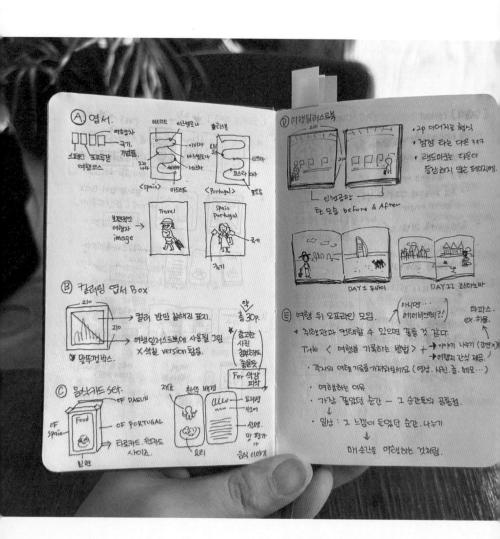

직접 칠해볼 수 있는 컬러링 엽서나 작은 여행 일러스트북, 거기에다가 여행 뒤 오프라인 모임까지 기획했었네요. 아쉽게도 제작 준비 기간이 정말 짧았기 때문에 이 계획은 현실화되지 못했어요. 에코백이나 엽서와 같이 금방 제작할 수 있는 품목으로 타협해야 했죠.

하지만 이 기록을 볼 때마다 펀딩을 설레는 마음으로 준비했던 그때의 모습이 그려지는 것 같아 기분이 좋아져요. 다음 여행책을 준비할 기회가 생긴다면 다시 활용할 수도 있을 것 같고요.

✦ ✦ ✦

사실 책을 만드는 건 정말 쉽지 않은 여정이었어요. 그동안 그림은 꾸준히 그려왔지만 글을 쓰는 데는 익숙하지 않았고, 책 제작을 위한 모든 과정은 전부 처음 겪어보는 일들이었으니까요. 그래서 더더욱 기록의 힘을 많이 빌렸던 것 같습니다. **기록을 통해 마음속에 쌓인 두려움을 덜어내고, 책의 뼈대를 만들고, 책을 만들고자 하는 이유를 계속 되새기고, 제작 계획을 꼼꼼히 세운 덕에 진짜 책을 손에 쥘 수 있었죠.**

작업실

예전부터 저는 '공간'에 대한 로망이 있었어요. 내 취향대로 꾸미고, 자유롭게 행동할 수 있는 나만의 공간을 갖는 걸 늘 꿈꿔왔죠. 그래서 그림으로 수익을 내기 시작한 시점부터는 계속 작업실을 꾸릴 궁리를 했답니다.

✦ 작업실의 조건

사실 개인 작업실을 갖는 건 쉽지 않았어요. 아직 학생이었을 때라 큰 고정 지출을 감당할 자신이 없었거든요. 그런데 때마침 다른 작가분이 공동 작업실을 함께 쓰자고 제안해주셔서, 같이 부동산을 돌아다니며 괜찮은 공간을 물색하기 시작했어요.

처음에는 드디어 나만의 공간을 갖는다는 생각에 설렘으로 가득했지만, 시간이 지날수록 자꾸만 마음 한편이 불편해졌습니다. 왠지 중요한 걸 놓치고 있는 것 같은 기분이 들었죠. 그래서 흐린 눈으로 외면하고 있던 현실적인 문제들을 노트에 쭉 써봤어요. 일단 졸업 전시를 준비하는 바쁜 시기에 인테리어와 계약 문제를 감당하는 것이 과연 맞는 일인가 싶었고, '공유' 작업실에서 지금 하고자 하는 일들을 잘 해낼 수 있을지도 확신이 없었죠.

그래서 지금 어떤 일들을 하고 싶은지 쭉 정리해보고, 그 일을 해내는 데 공간이 꼭 필요한지 고민해봤어요. 공유 작업실이 아니라면 어떤 다른 선택지가 있을지도 떠올려봤습니다. 그리고 가장 중요한 '나에게 필요한 공간의 조건'에 대해 잘 생각해봤는데요. 이 조건을 정리해보고 나니, 비용을 절감하기 위해 공유 작업실을 사용하는 건 지금 나에게 필요한 선택이 아니라는 확신이 들었어요. 그래서 제안해주신 작가님께 양해를 구하고, 아쉽지만 나의 공간을 갖는 일은 다음을 기약하기로 했습니다.

※ 작업실.

용도 : 개인작업. 클래스. 굿즈 마켓.
살롱.
↓
외주. 유튜브. 패션(사진)

※ 12월 초. 졸업전시.
초반 준비작업 감당할 수 있을까?
자리잡는데 최소 3개월.

내 작업방식
⇒ 이동석. 조용함. 듣악.
혼자 일해야 함 ... (?)

- 지금 단계(?)에서 공간이 꼭 필요할까?
- 작가분들과 성격이 맞을지.
- 나는 혼자 일하는 성격 vs 같이~ ?
- 오프라인 클래스 / 살롱 운영할 자신 있는지.
- 공간 빌려서 해도 되지 않을까?

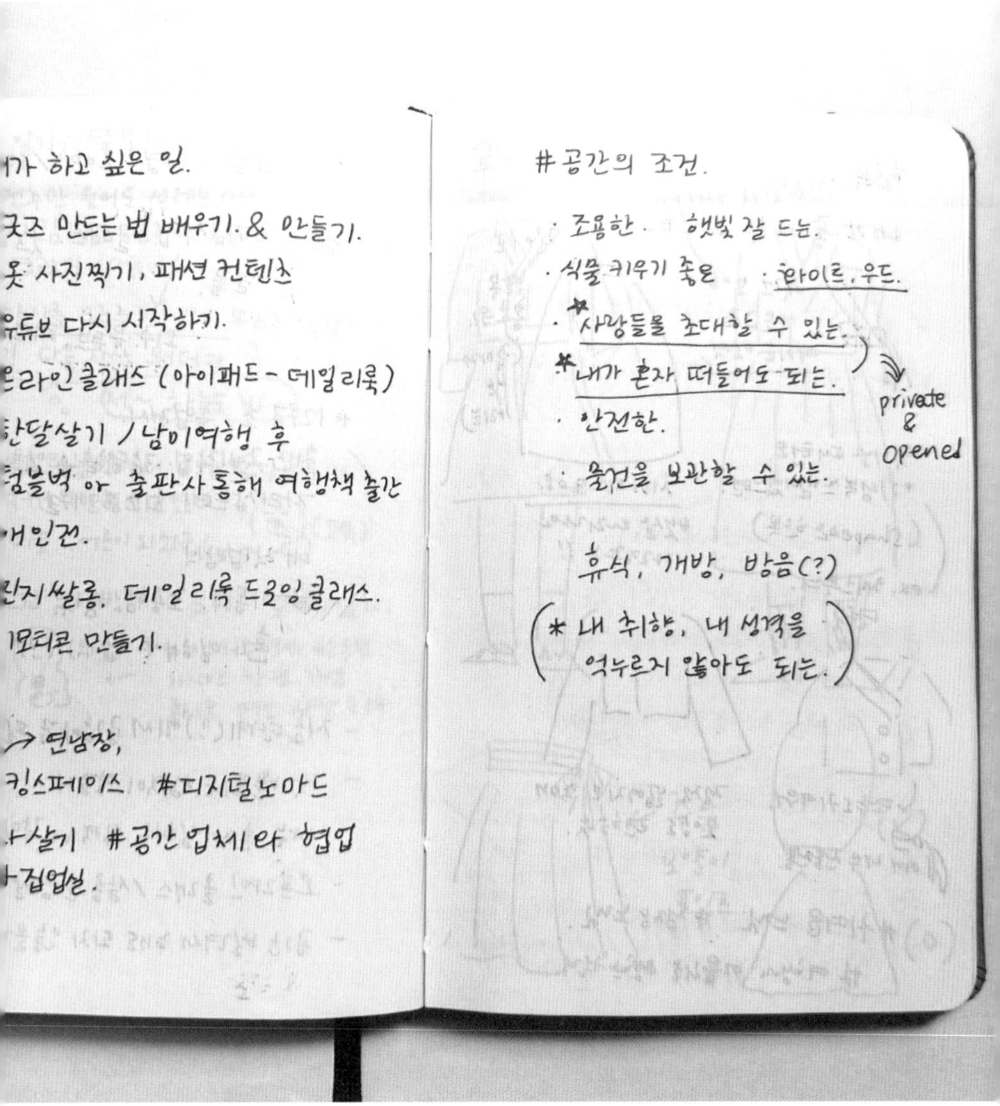

...가 하고 싶은 일.

굿즈 만드는 법 배우기. & 만들기.
옷 사진찍기, 패션 컨텐츠
유튜브 다시 시작하기.
...라인 클래스 (아이패드 - 데일리룩)

한달살기 / 남미여행 후
...정블벅 外 출판사 통해 여행책 출간
...개인전.

...진지쌀롱. 데일리룩 드로잉 클래스.
...모티콘 만들기.

→ 연남장,
킹스페이스 #디지털노마드
...살기 #공간 업체 外 협업
...집업실.

#공간의 조건.

· 조용한.   · 햇빛 잘 드는.
· 식물 키우기 좋은.   : 화이트, 우드.
★ · 사랑들을 초대할 수 있는.)
★ · 내가 혼자 떠들어도 되는. ⟶ private & opened
· 안전한.

· 물건을 보관할 수 있는.

휴식, 개방, 방음(?)

(★ 내 취향, 내 성격을
    억누르지 않아도 되는.)

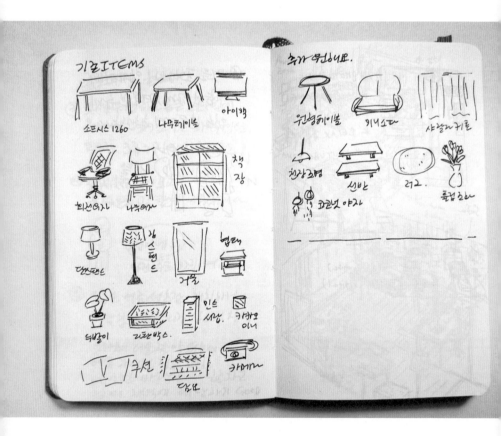

✦ 개인 작업실

그리고 시간이 흘러 드디어 대학교를 졸업했습니다. 이젠 더 이상 통학할 필요도 없고, 전보다 수입도 훨씬 안정되었기 때문에 집 근처에 개인 작업실을 얻기로 결심했어요. 취업 대신 작가 생활을 이어가겠다는, 일종의 프리랜서 선언이기도 했죠.

그렇게 그토록 꿈꾸던 나만의 공간을 꾸리게 되었습니다. 이 공간에서 앞으로 어떤 일들을 해낼 수 있을지 정말 기대됐죠. 인스타툰 작업은 물론이고, 유튜브 촬영, 색연필을 활용한 손그림 작업 등을 할 생각에 입주하기 한참 전부터 가구를 어떻게 놓을지부터 고민했어요.

일단은 기존에 갖고 있던 가구 중 어떤 것들을 작업실로 옮길지부터 살펴봤어요. 제가 가족과 지내는 방에 있는 가구를 전부 털어갈 순 없으니 꼭 필요한 것들로만 추려봤죠. 그리고 새로 살 물건들도 정해봤어요. 그동안 미래의 작업실을 위해 찜해뒀던 아이템 중 신중하게 고민해서 나열해봤습니다.

작은 원룸이었지만 공간을 알차게 구성해보려 했어요. 특히 각각의 작업을 하기 위한 공간을 분리해두고 싶었죠. 그래서 목적별로 공간을 나눈 다음, 노트에다 가구를 배치해봤어요.

인테리어뿐만 아니라 이렇게 수납 계획도 기록해봤다.

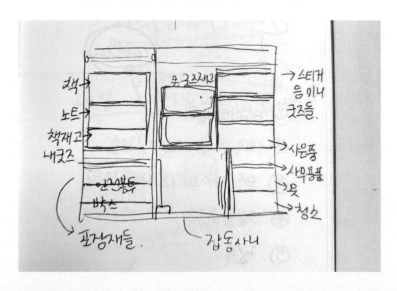

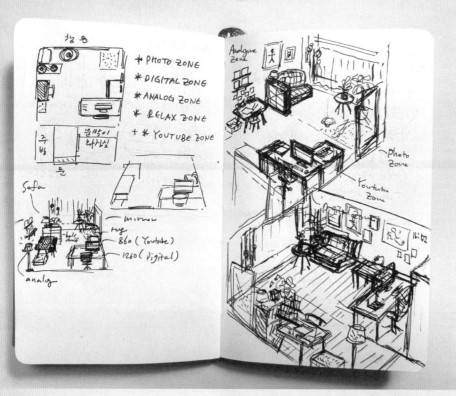

거 운

* PHOTO ZONE
* DIGITAL ZONE
* ANALOG ZONE
* RELAX ZONE
+ * YOUTUBE ZONE

주
방

놀빵이
화장실

문

Sofa

book shelf

mirror
rug
860 (Youtube)
1260 (digital)

analog

Analogue Zone

Photo Zone

Youtube Zone

11:02

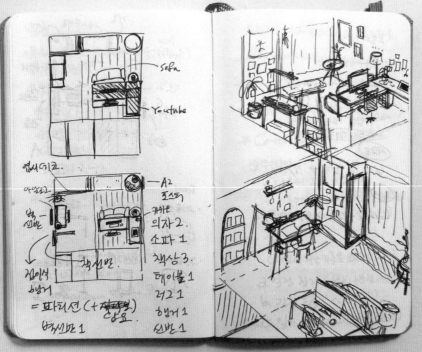

Sofa

Youtube

전시 대기조.
(의상)

벽
선반

A2
포스터

커피

의자 2.
소파 1
책상 3.
테이블 1
러그 1
행거 1
선반 1

책선반.

김이서
행거
= 파티션 (+책상)
벽선반 1   공용요.

◆ ◆ ◆

작업실을 쓰는 2년 동안 구조도 정말 많이 바꾸고, 중간중간 새 공간으로 옮겨가기 위한 고민도 자주 했었는데요. **무언가 결정하기 전에는 늘 노트에 기록하는 과정을 빼놓지 않았어요.** 인테리어를 바꿀 때는 먼저 이미지를 그려보며 상상해보고, 다른 공간으로 옮기려 할 때는 득과 실을 꼼꼼히 정리해봤죠. **먼저 기록으로 생각을 정리한 뒤 실행에 옮기면 늘 제 선택에 확신을 갖고 움직일 수 있어서 좋았어요.**

유튜브

인스타툰 작가로 더 많이 알려져 있지만, 사실 저는 유튜브도 운영하고 있답니다. 그림보다는 영상으로 풀어냈을 때 더 전달이 잘 되는 이야기도 있다고 생각해서 시작했어요. 잘 되면 정기적인 수익을 얻을 수 있다는 점도 매력적이었고요. 유튜브를 시작하고 운영하는 동안 길을 잘 찾아가기 위해 남긴 기록 몇 가지를 소개해볼게요.

D's ddlife

 다은의 단단라이프 DANDANLIFE
@dandanlife8695 구독자 1.4만명 · 동영상 47개
다은의 더 단단한 내일을 위한 기록! · D's dandanlife 〉
instagram.com/todaydaeun

채널 맞춤설정   동영상 관리

홈   동영상   SHORTS   재생목록   커뮤니티   채널   정보   🔍

최신순   **인기순**   날짜순

[ipad] 아이패드로 데일리록 그리가 with 프로크리에이트 활용법 기초+스케치와 색칠 팁 공유!
조회수 18만회 · 4년 전

[프] 아이패드로 누끼 딸 수 있다 사진에서 배경을 없애는 3가지 방법 소개합니다 :)
조회수 13만회 · 2년 전

[ipad] 일상툰 스케치를 해보겠습니다 / by 프로크리에이트
조회수 6.7만회 · 2년 전

[프] 프로크리에이트 브러시 14종 소개&공유! 이 종에 하나쯤은 잘 맞는 게 있겠지(*⁔*)♡
조회수 5.7만회 · 2년 전

[ipad] 채색할 때 꼭 알아야 할 프로크리에이트 기능 소개 / 레퍼런스, 팔레트, 클리핑마스크, 재채색
조회수 5.2만회 · 1년 전

노트 끝까지 쓰기, 그거 대체 어떻게 하는건데? | 나의 몰스킨 기록 여정
조회수 4.6만회 · 1년 전

[Drawing] 그림일기 그리는 과정 공개 ! : 하루 정리부터 스케치, 채색까지♪
조회수 3.6만회 · 4년 전

5년간의 연애가 이렇게 끝나네요... | 마지막 기념일 Vlog
조회수 1.9만회 · 2년 전

✦ 시작하기

다들 한 번쯤은 '나도 유튜브 해볼까?' 하는 생각을 해보셨을 것 같아요. 그런데 막상 진짜로 하려고 알아보면 엄두가 나질 않습니다. 장비도 마련해야 하고, 편집 기술도 배워야 하고, 주제는 무엇으로 정해야 할지도 고민되거든요. 다들 하니까 나도 해봐야지 하는 가벼운 마음으로 뛰어들기엔 이것저것 준비해야 할 것들이 은근히 많아요.

그래서 유튜브를 진짜로 시작하려면 '확신'이 필요합니다. 귀찮음과 수고로움을 감수하고서라도 꼭 유튜브를 해보고 싶은 나만의 이유를 찾아낼 필요가 있죠. '남들 하는 게 좋아 보여서' 같은 애매한 마음이나, '억대의 수입을 얻고 싶어서' 같은 허무맹랑한 목표로 시작하면

① 왜 하나

#유튜브를 하고 싶은 이유?

① 많은 사람들이 하고, 많은 사람들이 보니까.
→ 왠지 나도 해야될 것 같아서!
의 마음이 없는 건 아니지만,
더 중요한건 더 많은 사람들에게
나 & 내가 하고 싶은 이야기를
알리고 싶다는 것.

→ 나와 취향이 맞는 사람들.
세상에 흩어져 있는 수많은 나와 비슷한
사람들을 모아서 공감하면 짜릿할 듯.

원하는 반응
"어, 나도나도" "나도 그거 좋아해"
"그거 그렇게도 할 수 있었구나"
"도움이 돼요!" "얘기하고 수 있어서 좋아"

② '영상'에 대한 관심.
잘, 예쁘게 펴지는 못하지만.
"시간"을 그대로 담을 수 있다는 점이
매력적인 '영상'이라는 표현법
[시간의 흐름·소리·움직임]
↳ 그림이나 글로 표현하기에는
분명한 한계가 있는 포인트.

③ 나알기
일기를 쓰면서 나를 더 알게 되었듯.
영상 기록을 통해서 또다른 면모를
더 디테일하게 알아갈 수 있을 것이다.

④ 기록법 나누기.
기록이 만들어준 변화를 진심으로 알리고 싶다.
그 방법도 사람들과 나눠서
더 많은 사람이 도전/시작하게 하고싶다.

무반응의 시기를 견뎌내지 못해 금방 포기하게 될 테니까요.

이유가 꼭 거창해야 할 필요는 없어요. 왜 자꾸만 이걸 하고 싶다는 마음이 드는 건지 생각해본 다음, 솔직한 마음을 적어보면 됩니다. 우선 저는 더 많은 사람에게 이야기를 전하고 싶은 욕심이 있었어요. 그리고 그림에 다 담지 못하는 이야기를 영상으로 풀어보고 싶다는 갈증도 있었죠. 여러분도 일단 이유가 정리되면 시작하기로 마음먹기가 훨씬 쉬울 거예요.

그다음 순서는 어떤 콘텐츠를 만들지 고민해보는 일입니다. 저는 이미 인스타툰 작업에 많은 시간을 쓰고 있었기 때문에, 힘들이지 않고 쉽게 제작할 수 있는 주제를 찾는 것에 집중했어요. 누가 시키지 않아도 할 정도로 즐거운 일이면서 내 강점을 보여줄 수 있는 주제가 무엇이

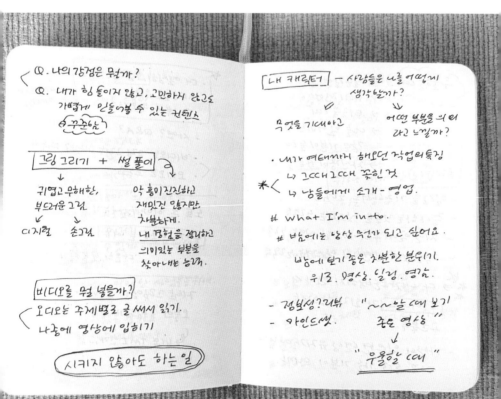

있을지 기록해봤더니, '데일리룩 드로잉'이라는 키워드가 떠올랐어요.

평소에 일상툰이 잘 안 그려질 때면 데일리룩을 그려보곤 하는데요. 드로잉 과정을 쭉 촬영하고, 중간중간 아이패드 활용 팁이나 그림을 잘 그리는 방법을 몇 가지 공유했더니 굉장히 반응이 좋았답니다.

[ipad] 아이패드로 데일리룩 그리기! with 프로크리에이트 활용법 기초♡스케치와 색칠 팁 공유!

조회수 18만회 · 4년 전

✦ 강의 콘텐츠

데일리룩 드로잉 콘텐츠를 꾸준히 올리면서 유튜브 채널 운영이나 영상 편집에 익숙해졌을 무렵, 강의 콘텐츠 제작에도 도전해보기로 했습니다. 예전에 아이패드를 활용한 온라인 클래스 제작을 준비하던 중 프로젝트가 무산된 적이 있었는데, 그때의 커리큘럼을 버리기 아까워서 혼자서라도 유튜브 영상으로 올려보기로 했죠.

제가 그림을 그릴 때 사용하는 앱인 '프로크리에이트' 활용법 강의를 제작해봤는데요. '프클'이라는 이름을 붙여, 앞으로 이어질 강의가 시리즈처럼 인식될 수 있도록 기획해봤어요. 프클은 '프로크리에이트 클래스'의 앞 글자를 딴 건데, 이름이 피클과 비슷한 것 같아 귀여운 피클 캐릭터도 그려 넣어봤답니다.

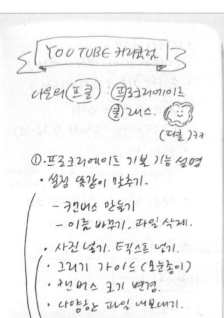

썸네일 : 프로크리에이트 A to Z

인트로
- 내가 쓰는 앱 문의가 많았다 - 프로크리에이트
- 프로크리에이트는 유료앱 : 앱스토어, 99.9달러, 한번 결제하면 영구소장 가능
- 다른 앱 이것저것 애매하게 돈 쓰는 것보다 이거 하나 추천.
- 이유 : 1.가장 인터페이스가 깔끔하고 2.사용자 맞춤형 설정하기 편함 3.포토샵과 호환도 잘 됨
- 끝까지 봐야 앞으로 올릴 강의 영상에서 나랑 버튼이 달라 헤맬 일 없음!

기능 훑어보기
- 캔버스 만들기 / 정리하기 / 이름 바꾸기 / 삭제하기
- 오른쪽 탭 : 브러시, 브러시설정바꾸기, 레이어, 색칠, 팔레트
- 왼쪽 탭 : 동작, 조정, 선택툴, 변형툴

B. 동작 탭
- 추가 : 사진 삽입하기, 텍스트 추가
- 캔버스 : 캔버스 잘라내기, 그리기 가이드, (애니메이션 어시스트)
- 공유 : jpg, png, +psd
- 비디오 : 타임랩스는 옆에 탭 안나오고 캔버스에 그린 것만 깔끔하게 볼 수 있어 좋음

C. 설정
- 밝은 인터페이스, 오른손잡이 인터페이스
- 제스처 제어 : 손가락 / 지우기 / 그리기 도움받기 - 안씀
- 스포이드툴, 퀵세이프
- 퀵메뉴, 전체화면 - 간단히
- 레이어 지우기, 레이어 선택 - 안씀
- 복사 붙여넣기
- 일반 - 꼬집기로 회전

다음 예고 : 브러시 소개

본격적으로 영상을 촬영하기 전, 먼저 강의에 어떤 내용을 담을지 노트에 가볍게 기록해봤습니다. 그리고 메모 앱으로 옮겨 순서를 정리해줬어요. 디지털 메모는 '노션'을 자주 활용하고 있어요. 줄 바꿈이 편리해서 흐름을 쭉 읽다가 순서를 변경하기 좋거든요. 이렇게 작성한 메모를 바탕으로 영상을 촬영하고 편집해서 짜임새 있는 강의 영상을 완성할 수 있었습니다.

올린 지 거의 2년이 지났지만, '프클' 영상은 아직도 조회수가 꾸준히 올라가고 있어요. 소소한 수익은 덤이고요!

✦ 브이로그 콘텐츠

강의 콘텐츠에 대한 반응은 괜찮았지만, 만드는 데 시간과 노력이 너무 많이 들어간다는 게 문제였습니다. 기획과 촬영에 힘이 많이 들어가다 보니, 인스타툰과 꾸준히 병행하기에는 무리가 있었죠. 그래서 좀 더 가볍게 만들 수 있는 브이로그 영상도 올려보기로 했습니다.

브이로그 하나를 찍더라도 아이디어를 정리해봐야 직성이 풀리는 성격인 저는, 어떤 테마로 브이로그를 찍을지까지 적어봤어요. 그리고 이 기록을 토대로 몇 가지 영상을 찍어봤는데, 생각보다 조회수가 잘 나오지 않더라고요. 너무 기획해서 접근하면 오히려 부자연스러운 느낌이 나는가 싶어서, 조금 더 편한 느낌으로 여행 브이로그를 찍어보기로 방향을 틀었어요.

A. 마인드셋 (가치관) ⬚ OO한 이유

＊ 차분한 분위기. 나레이션 위주. 실제 말하는.

1 - 복싱 이야기 (운동O 에서 운동사람)

2 - 내가 ~째 헬스 하는 이유 (W앙Vlog)

3 - 같은 노트를 N권째 쓰는 이유

4 - 그림일기를 그리기 시작한 (이유)

5 - 내 좌우명 - 이런 좌우명 정한 이유

6 - 작업실 얻든거 후회하지 않는 이유

B. 일상 (취향) ⬚ 오늘의 기록 (덱스E3.)

＊ 가볍고 밝은 분위기. 정보요소 간뜩. 녹음X.

1 - 한달간 찾아낸 N가지 행복 츄릅이요

2 - ~~인생을 바꾼~~ 좋아하는 책들.

3 - 일주일간 포토 일기 쓰기

4 - OO하는 날! 일기로 남기기.

5 - 오늘의 데일리룩 드로잉! ⟶ 밸런스게임

C. 노력 (일) ⬚ 노동!og

＊ 솔직한 이야기

＊ 내가 생각 말고 말기 많을 때.

＊ 타임랩스 브이로그 + 나레이션.

1 - 하루 종일 포장하는 Vlog
   ＋ 만들고 싶은 굿즈 수다

2 - 클래스 제작하는 Vlog
   ＋ 클래스 왜 만드는지

3 - 영상 편집하는 Vlog
   ＋ 유튜브 왜 하는지

4 - 그림 컨텐츠 Vlog
   ＋ 요새 인스타 고민.

5 - 브랜드 컨텐츠 Vlog
   ＋ 광고톤 N개 하며 느낀점.

마침 코로나로 인해 막혀 있던 해외여행 규제가 풀리면서, 전에 못 갔던 신혼여행을 대신할 겸 괌으로 여행을 떠나기로 했어요. 다들 여행 정보에 관심이 많을 시기이니, 브이로그 찍기 딱 좋은 타이밍이라고 생각했죠. 편한 느낌으로 자연스럽게 영상을 찍되, 실제로 유용한 여행 팁도 알차게 담기 위해 떠나기 전에 간단히 기획을 해두고 출발했어요.

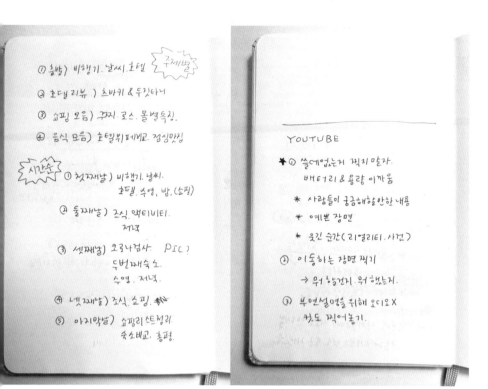

미리 짜둔 일정을 고려해서 어떤 콘텐츠를 구성할 수 있을지 생각
해봤죠. 여행은 여행대로 즐기면서, 나중에 '호텔 리뷰', '쇼핑 모음' 식
으로 묶어볼 수 있도록 영상을 충분히 찍어오려고 다짐했어요. 카메
라 없이 핸드폰만 들고 갔기 때문에, 용량을 아껴서 효율적으로 촬영
할 방법까지 고민해두었답니다.

그런 생각을 바탕으로 총 네 개의 영상을 완성할 수 있었어요. 사실 관광이 활성화된 지 얼마 되지 않아 문을 닫은 가게도 많았더라고요. 그래서 아쉽게도 원하는 내용을 다 담을 순 없었는데요. 그래도 계획대로 잘 흘러갔던 쇼핑 스토리를 담은 영상의 반응이 원하는 만큼 나와줘서 뿌듯했던 기억이 납니다.

◆ ◆ ◆

이렇게 열심히 고민하고 계획을 세우며 유튜브를 운영했었지만, 요즘은 새로운 영상을 잘 올리지 못하고 있어요. 아쉽지만 시간과 체력의 한계로 지금은 인스타그램 운영에 더 집중하고 있답니다. 프로 유튜버는 아니라서 조금 민망하지만, 고민했던 기록이 여러분께 영감이 될 수도 있을 것 같아 소개해보았습니다.

브랜드

지난 기록을 쭉 읽다 보면, 언젠간 만들어보고 싶은 것들에 대해 기록해둔 페이지가 정말 자주 보여요. 내 취향에 딱 맞는 물건을 만들고, 취향이 비슷한 사람들을 한데 모아 즐거움을 나누고 싶었죠. 아마 저는 아주 오래전부터 '나만의 브랜드'를 만들고 싶은 마음을 갖고 있었던 것 같아요.

하지만 그만큼 오래 꿈꾸던 일이라, 할 거면 정말 제대로 해야 한다는 생각에 쉽게 시작할 수가 없었어요. 그러다 인스타툰을 그린 지 5년 정도 지났을 무렵, 저에게 지독한 그림 권태기가 찾아왔습니다. 같은 일을 너무 오래 반복하다 보니 매너리즘에 빠져버린 거죠. 이 상황을 타개할 방법은 완전히 새로운 일을 해보는 것밖에 없다는 생각이 들었고, 용기를 내어 브랜드를 만들어보기로 결심했습니다.

✦ 브랜드 기획하기

내가 만들고 싶은 '브랜드'가 어떤 느낌인지 정확히 파악하기 위해, '언젠가 꼭 이런 걸 하고 싶어'라고 남겨둔 기록들을 여기저기서 긁어모았어요. **이 기록들을 길잡이 삼아 브랜드를 기획하면, 멋져 보이는 걸 따라가지 않고 정말 내가 원하는 것을 만드는 데 집중할 수 있을 거라고 생각했거든요.**

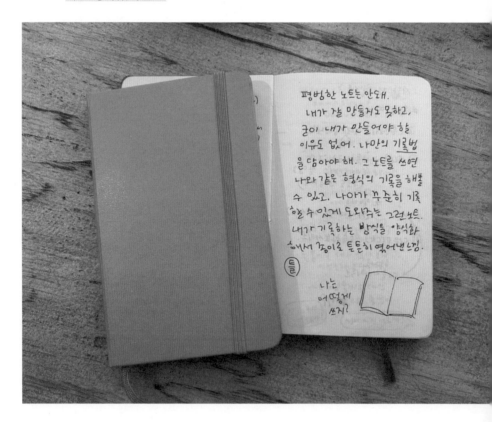

단단
DANDAN

DANDAN

단단

Slogan : 더 단단한 (힘)을 위해
더 단단한 내일을 위해
더 단단한 나를 위해.

- 이름 (다은)에서 다은 브랜드 네임.

- 발음하기 쉬움.

DANI

MINNI
브랜드
심볼.

 or

dandan. store.

😊 이이 있어 ㅠㅠ

the dandan
더 단단.

단단하는 하루
단단라이프.
단단안녕,   아리

dandan _ record.

· 더 단단한 오늘을 위한 기록.
· 더 단단한 나를 만드는 기록.

FOR OUR
DANDAN
LIFE ♯

가장 먼저 무엇을 만들고 싶은지 정리해봤어요. 스티커나 다이어리처럼 명확한 물건을 적기보다는, 어떤 정체성을 가진 물건을 만들고자 하는지 적어봤죠. 그리고 저 스스로가 물건을 살 때 어떤 포인트에 주목하는지도 적어봤습니다. 제 취향에 맞는 물건이어야 만들면서도 즐거울 것이고, 제 취향을 명확하게 담을수록 브랜드의 개성도 확고해질 테니까요.

그리고 무엇보다 중요한 '이름'에 대해서도 고민했습니다. 기존의 채널명인 '오늘의다은'을 그대로 쓰기에는 제 실명이 들어가서 부담스러웠어요. 좀 더 브랜드의 정체성이 잘 드러나는 새로운 이름을 만들고 싶었죠. 그때 떠오른 단어가 바로 '단단'이었어요.

늘 고민이 많고 상황에 따라 이리저리 흔들리는 저는, 자신이 정한 길대로 쭉 앞만 보고 나아가는 단단한 사람이 되고 싶다고 계속 생각해왔는데요. 마침 '단단'이라는 단어가 부르기도 쉽고 제 이름과도 비슷해서 딱 좋을 것 같다고 생각했죠.

처음에는 '단단레코드'라는 이름을 지어봤어요. 단단한 삶을 만드는 핵심 비결이 바로 기록이라고 생각했거든요. 그런데 이렇게 이름을 짓고 나니 왠지 문구류만 만드는 브랜드처럼 보일 것 같았어요. 나중에 다양한 시도를 해보고 싶어졌을 때 이름 때문에 망설이게 될 수도 있을 것 같았죠. 고민 끝에, 최종적으로 '단단라이프'라는 브랜드명을 짓게 되었답니다.

✦ 캐릭터툰 그리기

브랜드를 잘 알리고, 내가 하고 싶은 이야기를 전달하기 위해서는 대표하는 캐릭터가 있으면 좋을 것 같았어요. 동물 캐릭터는 조금 흔한 것 같아서, 가장 좋아하는 꽃인 민들레를 닮은 캐릭터를 만들어보기로 했습니다. 땅에 단단하게 뿌리를 내리고, 콘크리트 틈새로도 자라는 강인한 모습이 '단단'이라는 브랜드명과도 딱 맞는다고 생각했어요.

이렇게 노트에 이리저리 스케치를 남겨보며 생기 넘치는 노란 민들레와 보송한 민들레 홀씨를 닮은 캐릭터를 구상해봤어요. 그리고 저를 닮은 사람 캐릭터도 하나 만들어보았죠. 그 결과 '민민', '홀씨', '다니', 이렇게 세 가지 캐릭터가 탄생하게 되었답니다.

캐릭터의 성격도 정하고 싶었는데, 마침 당시에 MBTI 붐이 일고 있었어요. 캐릭터마다 어울리는 MBTI를 하나씩 정해주면 성격을 정리하기 아주 편할 것 같았죠. 그리고 브랜드 계정을 홍보해볼 겸, 각 캐릭터의 개성이 잘 드러나는 MBTI툰을 연재해보기로 했어요.

먼저 캐릭터들의 MBTI 특징이나 자주 하는 대사 등을 쭉 정리해보고, 성격이 잘 드러날 만한 에피소드를 떠올려봤어요. 세 캐릭터 중 '홀씨'는 아주 소심하지만 착한 캐릭터인데요. 착한 성격을 강조하기 위해 '손절'을 키워드로 잡아봤어요. 오죽했으면 이렇게 착한 홀씨에게 손절당했을까? 하는 느낌으로 말이죠.

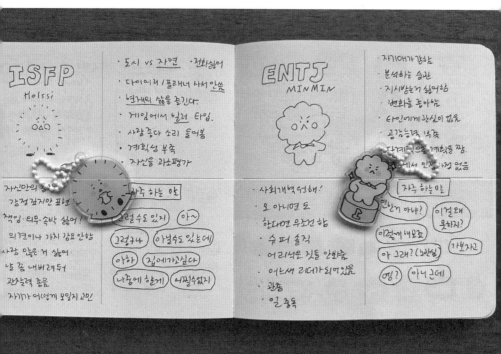

MBTI별
손절하는 이유

잇프피 홍씨 ⟶

ISFP편

잇프피는 정말 착하다.
강아지로 치면 리트리버?

헤헤헤 = 엇...아니야!
나 안착해!

마음에 안드는게 있어도
어지간하면 이해하려고 한다.

그렇긴 해...

그리고
무엇보다..

왜냐면
사람마다
생각이 다
다른거니까아...

다 따지고
싸우는건
귀찮으니까아...

그런 잇프피가 못견디고
결국 손절하는 사람은 바로,

잘해줬더니 나를 호구로 아는 사람

나는
착한거지

바보인게
아니야

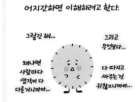

좋은 마음으로 호의를 베푼건데.

잇프피야~
미안한데 나 좀
도와줄 수 있을까?

그럼그럼!
나한테 말겨~

한번이 두번이 되고,
세 번이 열번이 되고...

진짜 미안한데...
혹시 또 가능할까?

응응 알겠어!
많이 힘들구나~

점점 그게 지 권리인 줄 알면...

잇프피야~
이것도 좀~

뭐어...?
나도 바쁜데...

잇프피도 사람인지라
결국 포기할 수밖에 없음.

내가 말한거
아직도 안했어?

...

잇프피한테 손절당했으면
진짜... 어지간히 인성질 한거임♪

이마에 인성 쓰레기라고
새겨야 한다고 생각해에...

함께해서 더러웠고
다신 보지 말자!

게시물 반응	49,418
좋아요	21,340
저장	14,767
공유	9,697
댓글	3,614
프로필 활동	105,519
프로필 방문	101,356
팔로우	3,997
외부 링크 누름	166

이 캐릭터툰은 정말 깜짝 놀랄 정도로 반응이 뜨거웠습니다. 홀씨와 같은 MBTI를 가진 사람들이 게시글로 우르르 몰려왔죠. '이거 완전 나 아니야?', '너랑 완전 닮았어' 하며 친구를 태그하는 댓글이 계속 달리면서 게시글이 널리 퍼져나갔어요. 이 게시글 하나로 팔로워가 무려 4천 명이나 늘었답니다. 캐릭터도 알리고 계정도 성장하는, 정말 성공적인 경험이었죠.

✦ 굿즈 제작하기

MBTI툰을 활용해 사람들에게 캐릭터를 알리는 첫걸음을 내디뎠으니, 본격적으로 캐릭터를 활용한 다양한 굿즈를 제작해보기로 했어요. 일단은 어떤 상품들을 만들고 싶은지 쭉 적어봤습니다.

그냥 보기 좋고 귀여운 물건도 좋지만, 저는 여기에 쓸모 한 스푼을 더해서 조금 더 실용적이고 의미 있는 물건을 만들고 싶었어요. 처음부터 '마스킹 테이프, A5 노트, 스티커' 이런 식으로 단순하게 적으면 결과물도 단순해질 것 같아, 형용사를 덧붙여서 무엇을 만들고 싶은지 디테일하게 적어봤습니다.

부담스러울 정도로 귀여운척하지 않는 스티커/ '입덕'하면 두고두고 보고 즐길 수 있는 캐릭터굿즈/ 기록에 포인트를 주고 보조도구 역할을 하는 마스킹테이프/ 가볍게 생각을 옮겨적는 메모지/ 기록 습관을 만들어주는 노트/ 생각을 수집할 수 있게 해주는 노트/ 일상을 기억할 수 있게 해주는 노트/ 영감을 주는 노트 겸 도서. 기록법을 알려주는 책/ 한권 사서 다 못채운 경험이 쌓여 기록을 포기한 사람을 위한 낱장속지와 파일/ 사진과 함께 기록할 수 있는 디지털스 e세라 다이어리/ 내생각을 대신 말해주는 손글씨스티커/ 다이어리 한켠 허전한 칸을 채우는 무난한 스티커/

저는 굿즈를 만들 때 바로 디자인 작업에 들어가기보다는 글과 그림을 활용해서 초안부터 잡아보는 편이에요. 그러면서 어디에 쓰일 것인지, 어떤 재질로 만들 것인지 정해봅니다. 특히 굿즈의 이름부터 정하는 걸 아주 좋아하는데요. 일단 어울리는 이름을 짓고 나면, 디자인할 때도 이름값을 할 수 있게 계속 신경 써서 작업하게 되거든요.

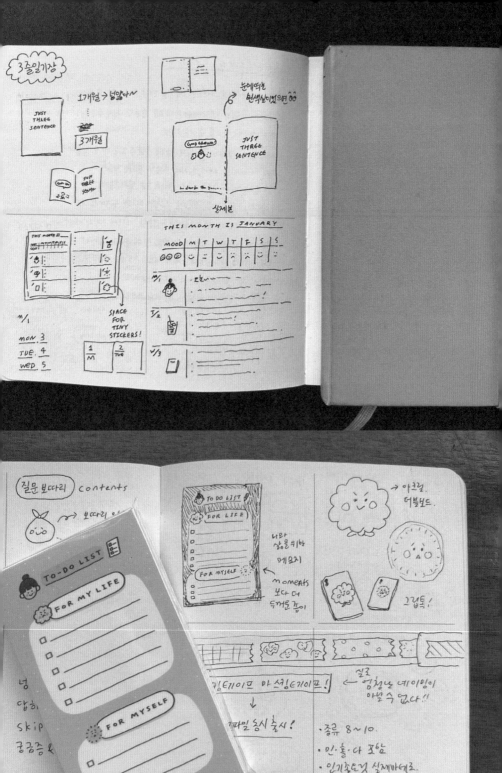

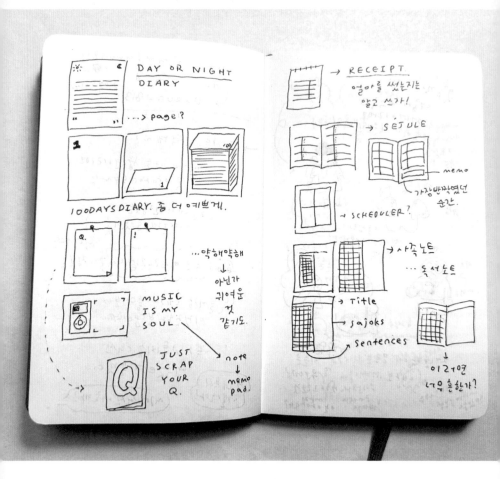

머릿속에 떠오르는 굿즈 아이디어는 그때그때 다 적어두고 있습니다. 그중에서도 노트 제작 계획을 정말 자주 적어두는 편인데요. 부피가 작아서 많이 만들어도 크게 문제가 되지 않는 스티커 같은 상품에 비해, 노트는 재고가 남으면 꽤나 처치 곤란이라 모든 계획을 다 현실화하진 못했어요. 하지만 분명 언젠가 쓰일 수도 있다는 생각으로, 아이디어들을 꼼꼼하게 남겨두고 있답니다.

❖ ❖ ❖

　이쯤에서 제 브랜드가 얼마나 대단해졌는지 자랑을 좀 해야 할 텐데, 사실은 새 굿즈를 만들지 못한 지 좀 오래되어서 조금 민망하네요. 글을 쓰다 보니 얼마나 브랜드를 만들어가는 데 진심이었는지 느껴져서, 다시 본격적으로 이 일에 몰입해보고 싶은 마음이 타오르고 있어요. 언젠가 단단라이프가 아주 멋진 브랜드로 성장한 날이 오면, 지금의 기록들을 보면서 '이런 시절도 있었구나' 피식 웃을 수 있길 기대해도 되겠죠? 그런 날을 고대하며 앞으로도 기록의 도움을 받아 성실하게 길을 개척해나가보도록 하겠습니다.

디지털 기록하기

종이에 글자를 꾹꾹 눌러 적는 아날로그 기록도 매력적이지만, 디지털 기록의 편리함도 포기할 수 없죠. 저는 수정이 많이 필요한 기록을 남기거나, 사진과 함께 기록하고 싶을 땐 디지털 메모 앱을 적극 활용하고 있어요. 제가 자주 쓰는 앱 두 가지를 간단히 소개해볼게요.

1. 노션

깔끔하게 정리하는 걸 좋아한다면 노션을 활용해보세요. 멋진 문서 편집 기술이 없어도 보기 좋은 메모 페이지를 작성할 수 있답니다. 노션에서 텍스트를 한 줄 입력하면 이게 하나의 '블록'이 되고, 이 블록을 드래그하여 자유롭게 다른 줄로 옮길 수 있어요. 마치 레고 블록처럼 떼었다 붙였다 할 수 있어서 글을 수정할 때 아주 편리합니다. 제가 노션을 활용해서 기록한 예시를 몇 가지 보여드릴게요.

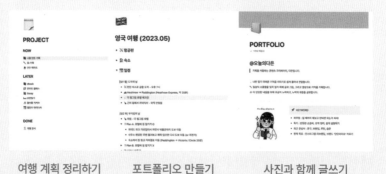

여행 계획 정리하기   포트폴리오 만들기   사진과 함께 글쓰기

수정이 간단하고 여러 꾸미기 기능이 있는, 블로그 같은 느낌의 메모 앱이라고 생각하시면 됩니다.

2. 굿노트

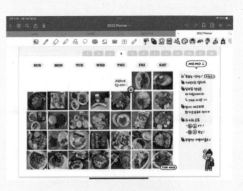

글씨를 쓰고 꾸미는 걸 좋아한다면 굿노트를 추천합니다. 굿노트에서 다이어리 양식을 PDF 파일로 불러온 다음, 펜으로 직접 글씨도 쓰고 스티커도 붙일 수 있어요. 실제 다이어리와는 달리 글씨를 계속 썼다 지웠다 할 수 있고, 펜 색깔도 마음대로 바꿀 수 있죠.

오른쪽 위와 같이 먼슬리 플래너에 사진을 첨부해서 식단 기록을 남겨볼 수도 있어요. 실제 다이어리에서 이렇게 하려면 사진을 인쇄하고 자르고… 정말 일이 많겠죠? 마음에 드는 다이어리 페이지가 있다면 복사해서 계속 페이지를 늘릴 수도 있고, 스티커도 한 번 붙이면 끝이 아니라 계속 생성할 수 있다는 장점이 있답니다.

에필로그

기록의 즐거움과 긍정적인 효과를 많은 분께 알리고 싶다는 마음 하나로 책을 쓰기 시작했습니다. 꾸준히 남겨온 기록들이 많이 쌓여 있으니 이것들을 잘 정리하기만 해도 책을 금방 완성할 수 있겠다는 자신감이 있었는데요. 다시 살펴보니 그저 편하게 남겼던 기록들이 대부분이라, 그중에서 의미도 있고 보기에도 좋은 것들을 추려내는 작업이 생각보다 쉽지는 않았습니다. 저에게는 모든 기록이 다 소중하지만, 읽는 분들을 저 같은 '기록 덕후'로 만들기 위해서는 기록의 매력을 확실히 보여줄 수 있는 멋진 페이지들을 찾아내야 했죠.

7년 동안 기록한 스물다섯 권의 노트를 수도 없이 다시 펼쳐봤습니다. 노트 한 권을 다 쓸 때마다 나중에 살펴보기 쉽도록 책등에 번호를 적어두고 있는데요. 2권에서 14권, 21권에서 8권, 이렇게 노트를 휙휙 옮겨 다닐 때마다 마치 시간여행을 하는 듯한 기분이 들었어요. 까마득한 옛날에 있었던 일이 마치 어제 일처럼 생생하게 떠올랐죠. 몇 년간 나에게 있었던 기쁜 일과 슬픈 일, 내가 느꼈던 행복과 불안감, 소소한 추억, 치열했던 고민들, 두려움을 이겨내고 성장한 경험 같은 것들을 전부 또렷하게 기억할 수 있는 사람이 세상에 몇이나 될까요? 이것이야말로 기록하는 사람만이 누릴 수 있는 특권이라는 생각이 들었습니다.

가벼운 마음으로 시작해서 지금까지 꾸준하게 이어진 기록은 이제 제 삶에 완전히 녹아들었습니다. 저는 더 이상 '기록해야지' 하고 마음먹지 않아요. 그저 언제나 노트를 곁에 두고, 떠오르는 모든 것을 종이에 적을 뿐입니다. 특별한 일이 있든 없든 늘 기록합니다. 생각이 많을 때도, 아무 생각이 안 날 때도 기록하고요. 날아갈 듯 기분이 좋을 때도, 깊은 물에 잠긴 듯 우울할 때도 기록합니다. 의욕이 넘칠 때도, 불안함에 잠 못 이룰 때도 기록을 남깁니다. 기록이 습관이 되고 나니, 삶의 많은 부분을 놓치지 않고 다채롭게 기록할 수 있다는 점이 참 좋습니다.

기록하는 사람은 무너지지 않습니다. 조금 휘청거릴 수는 있어도 금방 다시 일어설 수 있어요. 어려움을 스스로 헤쳐 나가는 방법에 대해 알고 있으니까요. 내가 남겨둔 추억을 보며 힘을 얻고, 복잡한 감정을 잘 다스리고, 스스로와 대화하며 길을 찾고, 목표를 바라보며 자신 있게 나아갑니다. 내가 남겨둔 모든 기록이 나의 단단한 뿌리가 되어주니까요.

그러니 무엇이든 기록해보세요. 처음에는 아주 작게 시작해도 좋아요. 손쉽게 이룰 수 있는 작은 목표를 설정하고, 작은 성취감을 계속 쌓아보는 거예요. 한번 기록이 즐거워지면 꾸준함은 자연스럽게 뒤따라오기 마련입니다. 꾸준히 남긴 기록들은 분명히 여러분의 삶을 더 멋진 방향으로 안내해줄 거예요. 기록이 만들어주는 기분 좋은 변화를 우리가 함께 느낄 수 있길 간절히 소망합니다.